LE TEMPS DES DRAGONS

L'auteur

A. J. Lake est enseignante et s'est spécialisée dans une période de l'histoire anglaise plus connue comme « The Dark Ages » (« Les temps sombres »). Elle trouve son inspiration dans les montagnes, les tempêtes et les décors de glace. Elle espère en secret que les dragons existent vraiment.

L'ÂGE DES TÉNÈBRES

A. J. Lake

LE TEMPS DES DRAGONS

Traduit de l'anglais par Cécile Moran

POCKET JEUNESSE

Directeur de collection :
Xavier d'Almeida

Titre original :
The Coming of Dragons
Book One in *The Darkest Age Trilogy*

Loi n° 49 956 du 16 juillet 1949 sur les publications
destinées à la jeunesse : novembre 2007.

ISBN 978-2-266-16801-4

À Tana Holmes-Coulson
Bienvenue

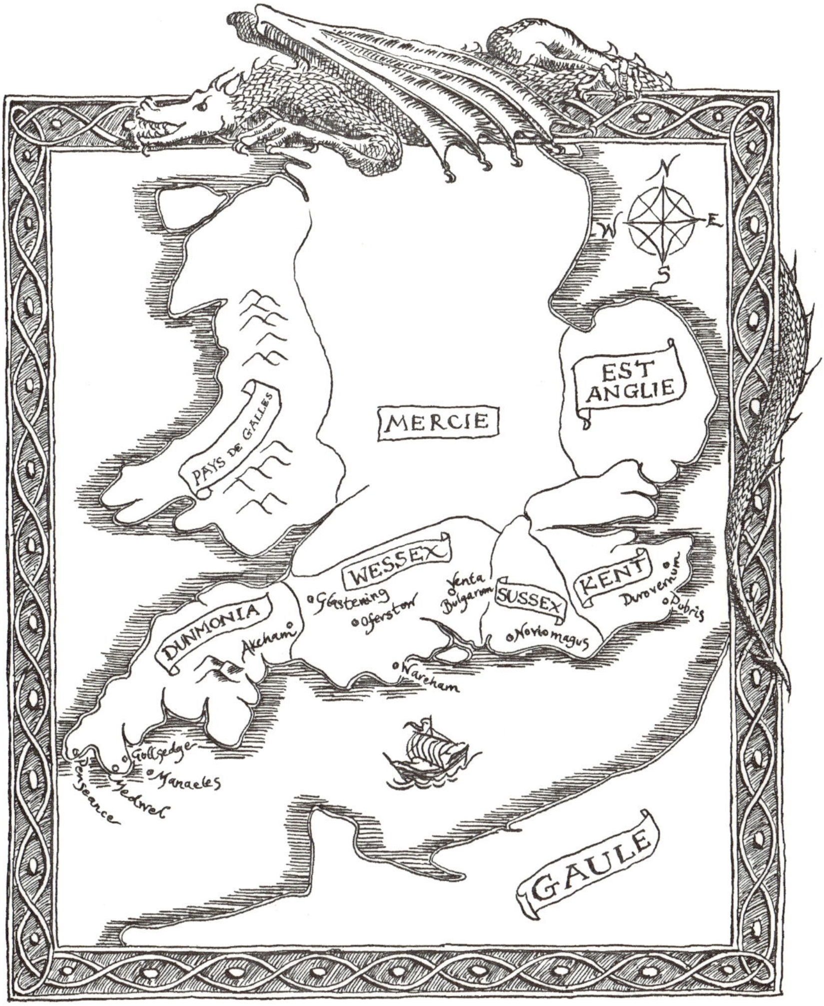
N
W
E
S
PAYS DE GALLES
MERCIE
EST ANGLIE
WESSEX
SUSSEX
KENT
DUNMONIA
Akeham
Glastening
Oferstow
Venta Bulgarum
Noviomagus
Durovernum
Dubris
Wareham
Gollsedge
Manacles
Medwel
Penseance
GAULE

Voici comment Torment apparut.

Le siècle venait de voler en éclats comme une lampe brisée.

La violence était partout. Les clans s'entre-déchiraient ; les pirates se rendaient maîtres de la mer du Nord, pillant les moindres navires, vague après vague. Un nouveau dieu rivalisait avec les vieilles croyances.

Au milieu de ce chaos, les germes de la désolation furent semés, et une puissance maléfique émergea des temps anciens à l'appel d'étranges incantations.

C'est ainsi qu'il resurgit.

Tout commença par un livre de sortilèges tombé entre de mauvaises mains. Au cœur des neiges éternelles du Grand Nord, il rompit sa prison de glace en rugissant. Le glacier se fissura et son immense corps couvert d'écailles se libéra dans une explosion d'échardes blanches. Puis la tempête gonfla ses ailes et il se dirigea droit vers le sud en crachant des flammes, guidé par de mystérieux murmures.

Tandis que son ombre démesurée plongeait dans les ténèbres les royaumes des Pictes, des Celtes et des Saxons, planait sur les fermes, les hameaux, les palais des rois et les huttes des serfs – hommes, femmes, enfants, riches et pauvres, frissonnaient dans leur sommeil en marmonnant : « Prenez garde ! Prenez garde ! Torment a quitté son antre. »

1

Le ciel s'assombrit jusqu'au noir d'encre. Puis un éclair aveuglant, blanc comme un éclat d'os, le traversa, et aussitôt un vent terrible se leva.

La charpente de l'*Alcyon* se froissa dans un craquement épouvantable, plus assourdissant qu'une forêt abattue d'un coup par la hache d'un géant. Le navire marchand bascula sur l'arrière et commença de s'enfoncer dans les flots.

La foudre avait causé de lourds dégâts. Le mât était fendu sur toute la hauteur et la grand-voile pendait au-dessus du pont, pâle dans la nuit, pareille à l'aile repliée d'un cygne.

Une longue tige de l'espar frôla l'oreille d'Edmund.

— Ne reste pas là ! hurla l'homme de barre en l'entraînant avec lui.

En un instant, l'averse imprégna ses jambières et sa fine tunique de toile. Le froid lui coupait le souffle. Par chance, il était chaussé de bottes de bonne qualité et il progressa à tâtons dans la pénombre sans tomber. Son coude heurta la cabine lorsque des marins, dans leur course folle vers la proue, le bousculèrent. Il les vit se battre avec des cordages emmêlés et hisser une voile de cuir qui claquait furieusement.

Au milieu des rameurs, le commandant Trymman distribuait ses ordres à pleins poumons. Il disparut soudain derrière le rideau de pluie, la voix couverte par les cris de l'équipage et les grincements du bois.

L'homme de barre s'arrêta net au pied du grand mât déchiqueté et scruta les cieux déchaînés. Edmund suivit son regard. Une volée de grêlons illuminés par le tonnerre l'attaqua comme un essaim d'abeilles en colère. Alors qu'il portait la main à son visage pour se protéger, il entrevit quelque chose à travers la foudre. Il rêvait, sûrement... C'était impossible.

« J'ai pourtant cru voir du feu... », pensa-t-il. Il plissa les yeux, fouillant l'obscurité entre les éclairs : en effet une énorme flamme, aussi rouge que l'intérieur d'un fourneau, brûlait le ciel de jais.

— Que les dieux nous gardent..., murmura l'homme à Edmund. Tiens-toi au mât et attache-toi !

Sur ces mots, il se précipita à l'autre bout du pont, glissant comme un palet sur une plaque de verglas. Le garçon fit sa prière en silence, toujours debout malgré une nouvelle embardée. Les vagues se dressaient de chaque côté du vaisseau, plus hautes que les falaises de Broniel.

Edmund fixait les nuages, pétrifié, guettant les explosions. Là ! Et là encore ! Comme si un dieu forgeron, en martelant son enclume, envoyait d'immenses étincelles aux quatre coins de la voûte céleste.

Frappé de stupeur, il se laissa surprendre par une déferlante. Ses genoux ployèrent sous le choc et il dévala le pont incliné, droit vers la mer démontée. « La rampe ne me sauvera pas, se dit-il. Tout est fini. »

Il parvint *in extremis* à agripper l'espar, celui qui avait failli l'assommer et qui s'était par miracle coincé contre le bastingage. Il s'y cramponna tandis que des trombes d'eau s'abattaient sur lui. Quand il rouvrit ses yeux noyés de gouttes salées, une fille se trouvait nez à nez avec lui, ses prunelles aux reflets dorés rivées dans les siennes.

Elle lui lança une corde dont l'extrémité était liée à ce qu'il restait du mât, et dans laquelle elle avait déjà pris soin de s'enrouler.

— Amarre-toi avec ça ! Sinon tu vas t'arracher un bras.

Comment pouvait-elle être si impassible ? Edmund s'écarta du bord à la force du poignet.

— Tu es la fille du commandant ? lui cria-t-il pour se faire entendre malgré le vent. Ses dents claquaient de froid et de peur. La terreur avait sur sa langue le goût de l'acier.

— Oui : Elsbeth Trymman ! hurla-t-elle à son tour. Et toi, tu es ce fameux passager, celui qui ne quitte jamais sa cabine.

- Eh bien, me voilà sur le pont maintenant...

— Pas pour longtemps, répliqua-t-elle d'un ton résigné.

Edmund n'était pas le seul à trembler : l'*Alcyon* frissonnait de la poupe à la proue et le bois gémissait sous ses pieds. Les paupières mi-closes à cause des embruns cinglants, il s'accrocha au filin humide, honteux de montrer si peu de cran. Il était prince de sang, héritier de Heored, roi de Sussex, et il tremblait comme un chien battu au lieu d'affronter la mort avec courage, ainsi que sa mère l'aurait voulu. Il se redressa pour soutenir le regard d'Elsbeth, mais c'est le visage de la reine qui lui apparut soudain, avec ses yeux sombres et ses cheveux châtains, son air bienveillant et le sourire stoïque qu'elle avait affiché lors de leur séparation sur le quai de Noviomagus, deux jours auparavant.

Elle s'était beaucoup inquiétée pour sa sécurité, à la veille de cette traversée. Quand elle avait découvert que le commandant du navire était un adepte de la nouvelle Église chrétienne, elle s'était enfermée une heure durant dans le caveau familial, offrant des sacrifices à Dame Donn et à Branwen, la déesse dont elle portait le nom, dans l'espoir qu'elles consentiraient à bénir le voyage. Elle avait choisi ce bateau parce qu'il empruntait l'itinéraire long, serrant la côte pour éviter les pirates danois qui écumaient les mers de l'est. Dès qu'il aurait atteint Dunmonia, le royaume le plus à l'ouest des Îles, il prendrait le large pour franchir la Manche.

— Fuis les curieux, lui avait-elle recommandé en l'étreignant sur son cœur une dernière fois. Reste caché et ne t'adresse à personne d'autre qu'au commandant. Si tu es obligé de parler, dis que ton père est un marchand en difficulté, parti vendre ses étoffes en Gaule, d'où il te fait quérir.

Il avait écouté ses instructions en réprimant ses larmes. À onze ans, il était presque un homme et un homme ne devait pas pleurer. Il avait raidi sa nuque pour se grandir, et froncé les sourcils avec sévérité.

— Puis-je vous poser une question, Mère ? Pourquoi ne venez-vous pas avec moi ?

Sitôt prononcées, il avait regretté ses paroles. La souffrance se lisait au fond des yeux de la souveraine. Elle lui avait toutefois répondu avec le sang-froid et la sagesse d'une reine, et non l'indulgence d'une mère.

— Tu le sais très bien, Edmund. Ton père pourrai ne jamais rentrer. Quand cette folie sera terminée, quelqu'un devra reprendre le flambeau. Qui cela sera-t-il si ce vaisseau coule avec toi et moi à bord ?

Mais Dame Donn et la déesse Branwen l'avaient abandonné, laissant la reine seule à Noviomagus. Il se demanda combien de temps la nouvelle du naufrage mettrait à gagner les frontières de son royaume, à cinquante lieues de là. Il songea au pays qu'il ne reverrait plus, à ses chaînes de collines crayeuses, ses tendres pâturages et ses belles fermes. Sa gorge était si nouée qu'il en suffoquait.

Les plaintes aiguës de la charpente le ramenèrent à la réalité. Un obstacle raclait contre la quille et la coque vibrait. Il entendit le commandant beugler un ordre et s'aperçut que la fille se débattait, prisonnière des cordes. Elle aussi paraissait effrayée maintenant ; ses prunelles d'ambre étaient exorbitées. Elle lui cria quelque chose, mais le vent emporta ses phrases. Il ne put saisir que des bribes : « ... rochers... les Manacles ! »

Il ne lui en fallut pas plus pour comprendre. Même un habitant des terres comme Edmund connaissait les Manacles, ces immenses et impitoyables crocs de basalte qui jaillissaient de la mer au sud de Stannan

Head. Il ne s'écoulait guère une lune sans qu'un navire imprudent n'y perde sa quille. Edmund eut beau sonder l'eau, il ne distingua que des vagues noires frangées de mousse. Pourtant, la clameur de l'équipage confirma les avertissements d'Elsbeth : « DES ROCHERS ! LES MA-NACLES ! A-TTEN-TION ! »

— Que peut-on faire ? hurla-t-il.

— Dépêche-toi de te confesser à tes dieux, rétorqua la fille du commandant.

Il regarda autour de lui, en proie à une panique grandissante. Des matelots luttaient pour tourner la voile sur l'unique mât qui avait survécu au cataclysme. D'autres couraient en tâchant d'esquiver les murs d'eau. Horrifié, il vit un homme s'écraser contre les bordages et basculer dans les flots. Pendant que la coque continuait de s'enfoncer, il remarqua une main pâle qui s'agitait à la surface. Elle fut dévorée par les rouleaux en un instant. Les marins n'eurent pas le temps de s'en soucier. Ils s'escrimaient sur leurs rames comme si tous les démons de l'enfer étaient à leurs trousses. « Nous sommes condamnés, pensa Edmund. Ils le savent. »

Il observa Elsbeth qui était immobile, les paupières closes. Elle priait sûrement. Cela lui rappela les divinités de sa mère et le doute s'empara de son esprit : avait-il offensé le maître des océans, Llyr, ou Manawydan, le seigneur des vents ? Il contempla à nouveau les cieux.

Par tous les dieux ! Comme si le déluge ne suffisait pas ! Le monde tournoyait à présent et Edmund se retrouva tout à coup la tête en bas. Non, il ne rêvait pas... Il survolait bien la mer implacable, cet abîme où il était sur le point de se noyer une seconde auparavant. Depuis le ciel, il pouvait voir l'*Alcyon* en entier, dont l'armature se pliait et craquait de partout. De minuscules créatures maigrelettes y gigotaient, éparpillées sur le pont. Les ondes les malmenaient, les envoyant tantôt d'un côté tantôt de l'autre, tel un colosse écartant des mouches du revers de la main. Il n'y aurait bientôt plus rien. Les planches seraient réduites en charpie. Le paysage serait comme vierge.

Seule une pauvre âme isolée levait le front dans sa direction. Son visage était un disque blanc couronné de boucles blondes ; ses yeux étaient arrondis par l'effroi et sa bouche formait un O noir d'où s'échappait un cri lancinant, qui lui emplissait le crâne et lui déchirait les tympans.

Ce garçon, c'était lui, emmêlé là dans le cordage du mât. Pressé de mettre un terme à ce cauchemar, il serra fort les paupières, puis les lèvres, étouffant le hurlement. Ensuite, encore tremblant et chancelant, il s'accrocha comme un coquillage aux cordes détrempées.

Une giclée d'embruns le sortit de sa torpeur. Il battit des cils pour chasser le sel qui l'aveuglait. Il était bel et bien de retour sur le pont. La tempête faisait rage autour de lui et les hommes continuaient de résister avec vaillance. La jeune fille le dévisageait avec une expression étrange. Qu'avait-elle vu exactement ? Alors qu'il s'apprêtait à le lui demander, le navire s'échoua dans un vacarme indescriptible.

Le plancher se brisa sous ses pieds. Cette fois, il n'y eut pas d'espar pour l'arrêter. Affalé sur le dos, à moitié inconscient, il fut happé par une vague qui se retirait. Mais l'espace d'un éclair, juste avant que la mer ne l'engloutisse, il l'aperçut dans le ciel.

Une gigantesque silhouette ailée planait au-dessus de leurs têtes. Elle était plus large que le bateau, et luisait d'un bleu surnaturel sous la foudre. Un œil de la taille d'un bouclier le considérait avec froideur. Et la gueule, une caverne ardente où brillaient de longues dents pointues comme des stalagmites, se tordit en un horrible rictus lorsque l'*Alcyon* se rompit en deux.

2

Cernée de vagues aussi hautes que des remparts, Elsbeth sentit sa foi vaciller. « Seigneur, qu'avez-vous fait ? » Pourquoi la mer qu'elle aimait tant s'était-elle soudain changée en ennemie mortelle ? Elle ferma les yeux et s'arc-bouta, entortillée dans son filet de cordes, tandis que l'*Alcyon* plongeait. La houle menaçante l'engloutit et elle crut que jamais le navire ne se redresserait.

Elle ne se rappelait pas avoir essuyé une tempête d'une telle violence auparavant. Ni lorsqu'elle habitait Dubris – célèbre autant pour son port et ses falaises blanches d'où l'on admirait la Gaule par beau temps, que pour ses côtes rugissantes en hiver –, ni même au cours des trois années qu'elle avait passées à voguer auprès de son père. Ils avaient pourtant subi bon nombre de coups de vent au large de Penseance.

Mais celui-ci était différent. Il avait surgi de nulle part, bouleversant brusquement la douce nuit printanière.

Chaque grincement du bois accentuait sa peur. Elle était cependant décidée à ne pas trahir ses émotions devant ce garçon blême de terreur. Elle était navigatrice, et fière d'exercer un métier d'ordinaire réservé aux hommes. Elle avait su que l'océan serait toute sa vie dès sa première montée à bord, après la mort de sa mère des suites d'une fièvre. Bien sûr, quelques membres de l'équipage avaient manifesté leur mécontentement en marmonnant dans leur barbe et en affichant une mine sombre. Malgré leurs regards sévères, elle ne s'était pas laissée impressionner et avait fini par gagner leur respect grâce à sa persévérance et à son habileté. À force de lire le compas, d'aider à l'inventaire des marchandises dans la cale, de manier les bâtons de comptage et de prendre des ris avec le quartier-maître Harkiron, elle s'était imposée à l'âge de onze ans comme la remplaçante naturelle du commandant Trymman à la tête de l'*Alcyon*.

Et voilà qu'aujourd'hui, son destin lui échappait. Elsbeth imagina avec angoisse son père en train de se battre avec le gouvernail. Elle aurait tant voulu être à ses côtés.

En entendant le garçon hurler, elle rouvrit les yeux. Droit devant elle s'élevait un éperon noir, qui évoquait les contours de la tour du temple à Bradwell. Quant aux colonnes de basalte qui l'encerclaient, on aurait dit les dents d'un dragon. Pourtant, le jeune passager ne fixait que le ciel. Qu'avait-il pu y voir pour crier de cette façon ?

Craaaaac !

L'*Alcyon* percuta le pilier rocheux. Elsbeth se cramponna à son harnais. Le garçon, lui, n'avait rien pour se tenir. Quand le pont chavira, il s'écrasa contre la rambarde de tribord et disparut en un éclair.

Des vociférations et des jurons parvinrent aux oreilles de la jeune fille, bientôt couverts par le mugissement des eaux et les gémissements épouvantables de la charpente désossée.

— Père !

Elle eut beau s'époumoner, son cri fut emporté par les vents, noyé dans l'obscurité où seul régnait le chaos. Elle vit l'un des matelots – Bron, lui sembla-t-il – dévaler le pont. Il dansait d'un pied sur l'autre en tentant de garder l'équilibre. L'instant d'après, ses côtes heurtèrent le bastingage et il bascula dans la mer.

Les planches se mirent à casser une à une, comme du petit bois, sous les talons d'Elsbeth. Tel un long serpent contractant ses anneaux, le cordage lui coupa peu à peu la respiration. Si elle ne desserrait pas les nœuds, ce qu'il subsistait du mât finirait par l'entraîner dans sa chute et la briserait en deux, aussi facilement qu'une allumette.

Seulement les nœuds étaient glissants et gorgés d'eau, et ses mains engourdies par le froid. Elle chercha à tâtons le couteau à écailler accroché à sa ceinture et pria le dieu austère de son père pour qu'il ne soit pas trop émoussé. D'un geste mal assuré, elle scia la première corde, puis s'attaqua à la seconde, tandis que l'*Alcyon* abandonnait le combat contre les rochers et sombrait, pouce après pouce, dans l'écume.

Elle sentit le mât pencher de son côté. Les planches plièrent. Elle devait se dégager, maintenant ! Elle libéra son buste, mais son pied resta coincé. Sa cheville se tordit, lui arrachant une grimace de douleur. À genoux, elle tira de toutes ses forces, et réussit à se délivrer juste à temps, au moment où le mât s'effondrait et traversait le plancher.

Elle se tourna vers la poupe, espérant apercevoir le commandant. Elle n'avait pas fait deux pas que les lattes achevèrent de se rompre.

Elsbeth disparut parmi les bouts de bois pulvérisés. Elle s'enfonça encore et encore, pendant une éternité.

« Où est le haut ? », se demandait-elle, désespérée, en se débattant. Toute bonne nageuse qu'elle était, le froid l'avait saisie. Mais il réveilla aussi sa volonté acharnée de survivre et de revoir son père. Elle se força à réfléchir, à ne pas rester immobile. Enfin, elle poussa sur ses jambes, se cambra puis elle se fraya un chemin à travers les flots bouillonnants. Elle lutta sans relâche et, alors que ses poumons étaient sur le point d'exploser, elle brisa la surface et inspira des bouffées d'air rugueuses, comme hérissées d'épines.

Les déferlantes continuaient néanmoins de la secouer, telle une poupée de chiffon. Toute résistance devenait inutile et la privait d'une énergie précieuse. Elle se laissa donc emporter. Elle perdit pied à trois reprises. La troisième, un immense éclair illumina les bas-fonds et les flèches de basalte acérées d'une cité sous-marine se révélèrent sous les vagues écumantes. Dans un dernier sursaut, Elsbeth s'en détourna et puisa dans ses fragiles ressources la force de s'éloigner.

Haletante, elle refit surface sous une pluie frénétique et un déluge de grêlons. Elle chercha alentour des débris de l'*Alcyon*, mais avec la nuit et les embruns, elle voyait à peine à six pieds devant elle. Pas d'homme. Pas la moindre épave.

« Père ! Père, où êtes-vous ? » Une fois de plus, le grondement du ressac étouffa son cri.

Son courage l'abandonna. À quoi bon ? Elle se fatiguait vite. Elle n'avait aucune chance de gagner ce duel inégal. À l'instant où elle s'apprêtait à renoncer, la tempête lui fit un cadeau inattendu : un coffre en bois surgit près d'elle. Revigorée, elle nagea jusqu'au meuble et agrippa l'une de ses poignées. Il était en chêne enchâssé de fer, solide et apparemment étanche.

Pendant qu'elle reprenait son souffle, un corps émergea. Sous le choc, elle faillit lâcher le coffre. Comme tous les enfants de Dubris, elle savait ce que la mer faisait aux cadavres. Des images de visages blancs et boursouflés, d'algues enroulées autour de coudes et de jambes violacés, envahirent son esprit. Elle s'obligea pourtant à scruter les rouleaux. Il pouvait s'agir de n'importe quel membre de l'équipage. Beron, Inch ? Ou peut-être son père ?

Au bout de quelques secondes, ses yeux tombèrent enfin sur la silhouette molle rejetée par les courants. Sitôt qu'elle l'eut repéré, elle n'hésita pas à braver l'océan démonté pour nager vers l'homme.

Les vagues l'entraînaient tantôt à droite, tantôt à gauche, jouant avec elle comme avec une balle, tandis que l'orage et les gerbes d'écume créaient un paysage apocalyptique.

Le corps en point de mire, elle se mit à labourer les flots lourds avec détermination. Elle l'atteignit bientôt, attrapa une manche et tira à elle. Elle rencontra moins de résistance que prévu et le déplaça sans difficulté. Et pour cause : ce n'était pas un marin, mais le garçon. Vivant ou mort, elle ne le savait pas encore. En tout cas, il mourrait à coup sûr si elle ne parvenait pas à le hisser rapidement sur le coffre.

Elle fouilla l'obscurité, consciente que sa vie dépendait du précieux objet. Malgré ses efforts, son protégé glissait. Elle ne pourrait pas le maintenir hors de l'eau longtemps. Subitement, une explosion de lumière rouge éclaira le meuble qui flottait à peine quinze pieds plus loin. Un bras passé autour du cou d'Edmund, elle progressa tant bien que mal dans sa direction. « Mon Dieu, s'il vous plaît, priait-elle. Donnez-moi la force d'aller jusqu'au coffre. »

De gigantesques coulées flamboyantes zébraient le ciel noir, comme du sang dégoulinant sur le poitrail d'un bœuf égorgé. Dissimulé dans l'ombre, Aagard secoua la tête et jura en silence. De l'est en proie au trouble jusqu'à l'ouest accablé par le déluge, les familles devaient contempler la tempête avec horreur. Le vieil homme grimaça en remarquant de nouveaux jets de flammes au-dessus de la mer. Une puissance maléfique redoutable avait été libérée cette nuit, et le pire restait à venir.

Aagard se détourna du funeste spectacle, le cœur lourd. Il ne pouvait rien contre l'orage ; par ailleurs, des affaires plus pressantes requéraient toute son attention. Des questions de vie ou de mort, s'il ne se trompait pas. Il traversa la plage en pataugeant dans le sable et en comptant ses pas sous la pluie battante.

Quatre-vingt-treize... quatre-vingt-quatorze.... quatre-vingt-quinze.

Il se trouvait à l'endroit précis où son rêve lui avait dit de se rendre. Il ignorait toutefois ce qu'il était censé y découvrir. Il savait seulement que la tempête lui réservait une surprise – un objet de grande valeur, qui de prime abord n'aurait pas l'air important, mais qu'il devrait garder en sécurité à tout prix...

Aagard plissa les paupières tandis qu'une autre langue de feu écorchait la nuit. « Hum... de prime abord... pas l'air important ! » Comme s'il avait besoin d'un avertissement pour ne pas tomber dans le piège des apparences ! Il avait appris la leçon à ses dépens deux ans auparavant, à Venta. Désormais, il ne se fiait plus qu'à son âme, à ses visions et à sa sagacité. « Néanmoins, ce rêve-ci était un peu trop évasif à mon goût », pensa-t-il avec un sourire ironique.

Il l'aperçut enfin. Sous le ciel écarlate, au milieu des crêtes d'écume qui se cabraient furieusement, une forme noire se découpait en relief. Elle dansait sur l'eau, hors de portée, tantôt dérivant vers la grève, tantôt reprise par les courants sous-marins.

Aagard observa le flux et le reflux de la mer. La neuvième vague déposa un morceau d'épave juste devant lui, à dix pas. Il le scruta, attendant peut-être que surviennent de nouvelles révélations sur son intérêt et sa mission. C'est alors qu'il se rendit compte qu'il y avait, non pas un, mais trois débris échoués.

Il patienta, choisissant son moment avec soin. Il était trop vieux pour défier la mer. Cependant, il ne pouvait pas prendre le risque de perdre cette étrange livraison. Une voix intérieure le harcelait : « Fie-toi à ton rêve. Regarde le ciel. Agis maintenant, avant qu'il ne soit trop tard ! » Il avança péniblement sur le sol mouvant vers la plus imposante des trois silhouettes, qui se révéla être un gros coffre en bois de chêne.

Il se figea. Ce meuble lui était familier. Il avait espéré ne plus jamais le croiser. Le retrouver là, lors d'un cataclysme surnaturel, lui glaçait le sang. Empli de doute et de crainte, il s'accroupit pour étudier le cadenas. Il était resté solide ; les runes inscrites sur le pourtour, bien qu'elles aient noirci avec le temps et l'usure, étaient intactes.

— Moi qui croyais que c'en était fini de nous deux..., marmonna-t-il.

Il se pencha ensuite par-dessus le couvercle pour voir ce que la mer lui avait apporté d'autre, et retint son souffle.

Il avait imaginé bien des choses sortir de la cruelle folie de cet ouragan, mais ça ! Voilà la découverte la plus improbable et la plus déroutante qu'il ait jamais faite. Pourtant... il connaissait cette fille brune et ce garçon très pâle. Oui, il se souvenait à présent : il les avait entraperçus dans son rêve.

C'étaient les enfants de la tempête.

3

Il s'extirpa des vagues, la gorge serrée. Au-dessus de lui, l'immense monstre ailé descendit lentement... Sa respiration se bloqua... Puis sa fureur se déchaîna...

Edmund cilla et ouvrit grand les yeux, stupéfait. Le silence avait remplacé les rugissements de la tempête, une douce tiédeur succédait à l'humidité glaciale, et les explosions qui l'avaient tant terrifié s'étaient changées en étincelles inoffensives jetées par des bûches crépitantes. La bête à écailles avait disparu. L'orage était tombé. Il était en sécurité.

« Les dieux soient loués. » Les offrandes de sa mère avaient porté leurs fruits, finalement. Il observa l'endroit dans lequel il se trouvait. C'était une sorte de grotte. Des bougies posées sur de hautes corniches de pierre tremblotaient, inondant le sol de flaques de lumière. Une couche de paille, sur laquelle était étendue une couverture moelleuse, crissait à ses oreilles. De ses vêtements presque secs se dégageait une fine vapeur dans la chaleur du foyer. La fille du commandant dormait près de lui, sous une deuxième couverture. Edmund fixa sa joue tannée par le soleil et les boucles brunes soulevées par son souffle paisible. Cette chevelure lui rappela sa mère, et les images atroces de la catastrophe remontèrent brutalement à sa mémoire. Son cœur bondit dans sa poitrine. La dernière chose qu'il avait vue avant de couler était... cette créature dans le ciel. Que s'était-il passé ? Comment avaient-ils atterri ici ? Et où étaient-ils ?

La grotte était meublée comme l'appartement d'un lettré. Une étagère de livres ornait un mur, et Edmund remarqua un pupitre destiné à supporter les volumes les plus imposants. Il repéra également des tabourets et une table, où étaient posés un couteau et une assiette.

Derrière le feu, quelqu'un parlait tout bas. Non. Chantait, plutôt. Un homme psalmodiait des phrases inaudibles. Edmund se redressa sur un coude, grimaçant à cause de ses muscles courbaturés.

L'inconnu était debout, de dos, les bras tendus et le buste penché en avant. Soudain, il cessa de marmonner et s'agenouilla. L'instant d'après, un petit bruit métallique résonna. Ensuite, il se releva en poussant un soupir. Il dut sentir qu'Edmund l'épiait, car il se retourna tranquillement et se dirigea vers lui.

Il était âgé, avec un visage veiné et sillonné de rides, à moitié caché sous une barbe poivre et sel. Ses prunelles sombres brillaient cependant d'une intensité troublante et son port de tête était fier. Il avait l'allure d'un roi, ou d'un noble habitué à s'adresser aux rois.

— Tu es le bienvenu ici, dit-il, d'un ton brusque mais sans dureté, et avec un accent étonnamment proche de celui d'Edmund pour un habitant de l'ouest.

Il haussa les sourcils d'un air interrogateur.

— Je m'appelle Edmund.

Le garçon n'était pas disposé à en dévoiler plus, d'autant qu'il ne savait rien de son hôte. Était-il son bienfaiteur ou son ravisseur ?

Celui-ci s'approcha et le dévisagea, comme s'il cherchait dans ses traits la clé d'une énigme.

— Tu te demandes où tu es, n'est-ce pas ? Eh bien, tu es chez moi, à Gullsedge.

— Comment suis-je arrivé ici ? s'enquit Edmund d'une voix rauque. J'étais... Une vague m'a emporté. J'ai basculé du pont alors que je regardais...

Il hésita. Comment pouvait-il décrire ce qu'il avait aperçu dans l'œil du cyclone ? Seul un fou le croirait. Près de lui, la fille dormait toujours d'un sommeil profond. L'avait-elle vu aussi ?

— Mon nom est Aagard, ajouta le vieil homme. Autrefois sujet du royaume de Wessex, et maintenant de Dunmonia. La mer vous a rejetés ici, vous deux et... (Il posa à nouveau sur Edmund un regard inquisiteur.) Si tu peux marcher, je voudrais te montrer quelque chose.

Il fit volte-face et s'enfonça dans la grotte, tandis qu'Edmund, les jambes flageolantes, se levait pour le suivre. La fraîcheur nocturne, plus mordante à mesure qu'il s'écartait du feu, le fit frissonner.

L'objet sur lequel Aagard s'était incliné une minute plus tôt était un coffre, blanchi par l'eau salée et couvert de varechs. Il paraissait très ancien et ses charnières métalliques étaient noircies et corrodées. Un énorme cadenas en fer rouillé le fermait, mais pour autant qu'Edmund pût voir, il ne possédait aucune serrure.

Aagard désigna le meuble.

— Qu'est-ce que c'est ? Et d'où vient-il ?

Edmund le regarda, éberlué.

— Je n'en ai pas la moindre idée. Je ne l'avais jamais vu.

— Il s'est échoué sur le rivage avec vous. Ne vous êtes-vous pas accrochés à lui quand votre navire a sombré ?

Le garçon secoua la tête. Il n'avait aucun souvenir de ce qui s'était passé après sa chute.

Aagard continua d'étudier le coffre.

— Pourtant, il doit bien provenir des cales de ce bateau sur lequel vous voyagiez, s'obstina-t-il. Tu ignores vraiment d'où...

— Wareham.

Ils se retournèrent et découvrirent Elsbeth qui les rejoignait d'un pas raide.

— Nous l'avons pris à bord à Wareham. Mon père l'a chargé lui-même. (Elle s'arrêta net et fit une révérence maladroite.) Elsbeth Trymman. Est-ce à vous que je dois la vie ?

Aagard balaya la question d'un revers de la main.

— Vous êtes sortis vivants du naufrage. C'est votre force et votre ténacité que vous devez remercier.

— Quand même, persista Elsbeth, vous nous avez amenés ici et procuré un abri.

Sans lui laisser le temps de répondre, elle poursuivit :

— Pourriez-vous me dire, monsieur, s'il y avait d'autres rescapés ? Mon père...

Sa voix s'éteignit : la vérité se lisait sur le visage du vieillard.

— Non, il n'y avait que vous deux. Mais le village de Medwel n'est qu'à une lieue d'ici par la côte. Les épaves des navires qui se brisent contre les rochers se retrouvent souvent là-bas, ainsi que les survivants... parfois. Rassure-toi, les villageois prendront soin de ceux qu'ils repêcheront. Tu pourras t'y rendre demain.

Elle hocha la tête avec tristesse et se détourna pour cacher ses larmes. Edmund, pris de pitié, baissa les yeux à son tour.

— Auparavant, reprit Aagard, je dois t'interroger. Je connais ce coffre et j'ai peur que sa venue ici n'augure rien de bon. Te rappelles-tu qui vous l'a confié ?

— Un vieil homme. Il portait une robe rouge, comme celle-ci.

Elle indiqua une sorte de longue toge, couleur lie de vin, pendue à un crochet en fer sur une paroi.

Edmund fronça les sourcils. La tunique de laine grise qu'avait revêtue Aagard était rapiécée et usée ; en revanche, la robe était d'une tout autre qualité. Elle aurait pu appartenir à un suzerain, ou au favori d'un roi. Il examina son hôte avec curiosité.

— Celui qui nous l'a remis a donné des cheveux blancs à mon père, raconta Elsbeth en souriant. Il a insisté pour monter à bord afin de s'assurer qu'il était bien calé et qu'il arriverait en Gaule en bon état. Il a précisé que quelqu'un le réceptionnerait au port. Il y accordait tant d'importance que Père était persuadé qu'il contenait un trésor.

— Thrimgar, murmura Aagard. Il ne s'en serait séparé qu'en cas d'absolue nécessité... (Il fit une pause, puis s'adressa à Elsbeth avec douceur.) Tu es fatiguée, mon enfant. Repose-toi près du feu. Je t'apporterai bientôt de quoi te rassasier, une fois que j'aurai discuté avec ton compagnon.

— Il n'est pas..., commença-t-elle.

Elle s'interrompit en haussant les épaules, et s'approcha du foyer, les paumes tendues pour mieux profiter de sa chaleur.

Edmund ouvrit la bouche pour répéter qu'il ne savait rien, qu'il n'avait presque pas quitté sa cabine de tout le voyage et qu'il n'avait aucun souvenir de ce coffre. Mais Aagard le réduisit au silence d'un regard impérieux et le pria de s'asseoir à table.

— Tu ne m'as pas tout dit, hein ? La tempête de cette nuit n'avait rien de commun. Si tu as assisté à des événements étranges, tu dois m'en parler.

Edmund sentit ses pommettes chauffer.

— Avez-vous... ? bredouilla-t-il.

Par crainte du ridicule, il n'osa même pas formuler la question : avez-vous vu une bête voler dans le ciel, un monstre qui n'existe que dans les histoires de grand-mères et les contes pour enfants ?

— ... Ai-je vu le dragon ? enchaîna Aagard.

Edmund le dévisagea, sidéré.

— Non, mon garçon. Mais j'ai perçu dans mon rêve la force maléfique qui l'a invoqué. On n'a plus rencontré de telles créatures depuis des générations, et sa venue laisse présager une terrible catastrophe. La tempête n'en était qu'un début.

Edmund frissonna en se remémorant l'énorme animal qui survolait le navire détruit et l'œil démesuré qui le toisait tandis qu'il gisait sur le pont déchiqueté. L'espace d'un instant, il avait fixé cet œil dont l'expression cruelle avait marqué son esprit à tout jamais.

— Son nom est Torment. Tu n'as pas à avoir honte si tu as eu peur. Des guerriers ont pleuré face à lui. Des dieux sont morts en l'affrontant.

Edmund resta sans réaction. Le vieil homme arbora un sourire las.

— Tu pensais que les dragons n'existaient que dans les fables ? Il est vrai qu'ils se sont tenus à l'écart des humains pendant des siècles. Mais ils peuvent revenir s'ils ont une bonne raison de le faire. Ce que tu as aperçu était bien réel, je te promets.

— Il y a autre chose, lâcha Edmund.

Sans plus d'hésitation, il narra en détail à Aagard les secondes étourdissantes qui avaient précédé le naufrage, quand il lui avait semblé quitter l'*Alcyon* et planer haut au-dessus du bateau.

— J'ai cru devenir fou, avoua-t-il.

Aagard le contempla d'un air grave, sans trace de mépris ni d'étonnement.

— Ton imagination n'y est pour rien, dit-il. Tu as, voyons... onze ans ? (Edmund confirma, en se demandant où il voulait en venir.) Et quand tu t'es vu sur le pont depuis le ciel, avais-tu toujours peur de la tempête ?

— Évidemment, je...

Il ne put terminer sa phrase. En réalité, pendant ces instants vertigineux, il s'était débarrassé de tout sentiment de terreur : il avait observé le vaisseau comme s'il n'était qu'une barque grouillant d'insectes.

Il s'était même réjoui de son naufrage ! Edmund tourna la tête, horrifié et confus.

— Non, tu n'es pas devenu fou, le réconforta Aagard. Seulement, tu regardais à travers les yeux d'un autre. Ceux du dragon.

— Je... quoi ?

Choqué, Edmund attendit la suite des explications.

— Que sais-tu des Ripente ?

Le garçon tressaillit. Aagard venait de lui assener un coup violent. Les Ripente étaient célèbres parmi la noblesse : une lignée très rare d'hommes et de femmes doués de double vue, capables de lire dans les pensées et d'utiliser les yeux d'autrui. Où qu'ils aillent, on les considérait comme des étrangers, presque une race à part. Ils servaient d'espions et d'informateurs à quiconque avait les moyens de s'offrir leurs faveurs.

— Tu les connais, n'est-ce pas ? Il serait extraordinaire que tu sois le premier de ta famille. Ton père a-t-il aussi ce pouvoir ?

Edmund rougit d'indignation.

— Les Ripente ne sont que des traîtres et des vagabonds ! Sans seigneurs, sans foi ni loi ! Mon père... (Il se tut, se rappelant à temps les instructions de sa mère.) Mes parents sont des gens honorables, reprit-il sèchement. Je n'ai de lien de sang avec aucun espion ni aucun félon.

— Et pourtant, tu as le pouvoir des Ripente, susurra Aagard.

— Non ! cria Edmund, furieux. Si un... un *dragon* s'empare de mon esprit...

— Il n'en a rien fait, le coupa Aagard. C'est *toi* qui

t'es emparé du sien. Et il ne s'en est pas douté. Sans quoi, il t'aurait tué.

Edmund demeura muet. Son hôte le prit par les épaules.

— Je connais bien les Ripente. Je t'ai soupçonné de posséder leur don dès que tu as ouvert les paupières. Mais voir à travers les yeux d'un dragon... (Il baissa les bras, tout en continuant à parler avec véhémence.) Ton talent est immense. Cela ne fait de toi ni un espion ni un félon. C'est vrai, les Ripente ont souvent été des marginaux. Et les hommes craignent ceux qu'ils ne comprennent pas. Il est aussi exact que certains Ripente ont exploité leur don à des fins malhonnêtes, conduits par l'appât du gain et du pouvoir. Mais tu n'as aucune raison de te comporter comme eux !

Assise près du feu, Elsbeth entendit le ton monter. Apparemment, la conversation s'échauffait. Edmund était si hautain... Était-ce trop lui demander d'être poli envers celui qui les avait accueillis ? Au fond, elle s'en fichait. Ses pensées étaient tournées vers son père. Elle le revoyait hurler ses ordres en manœuvrant la barre du gouvernail, calme et déterminé malgré la tempête qui réduisait son navire en miettes. « Je ne pleurerai pas, se dit-elle farouchement. En admettant qu'il se soit noyé, il n'aurait pas voulu périr autrement. De toute façon, il n'est pas mort ; il est meilleur nageur que moi. »

Incapable de rester immobile plus longtemps, elle arpenta la grotte sur ses jambes engourdies, caressant d'une main les murs de pierre rugueux. Devant elle se trouvait le coffre qui leur avait sauvé la vie et les avait conduits jusqu'à Gullsedge. Elle n'avait jamais vu d'objet aussi ancien. Il paraissait plus vieux encore que les reliquaires du grand temple de Durovernum. La serrure était particulièrement singulière : elle n'avait pas de trou !

Elsbeth s'agenouilla et fit courir ses doigts sur la surface lisse du cadenas. Le métal crissa et le cadenas céda. Surprise, elle se tourna pour appeler Aagard, mais il discutait avec une telle fougue qu'elle préféra ne pas le déranger. Alors, avec lenteur, elle fit glisser le moraillon et souleva le couvercle. Il s'ouvrit en silence ; ses charnières, préservées par miracle de la corrosion de l'eau de mer, semblaient encore huilées. Le coffre exhala une odeur aigre de renfermé.

Le revêtement était en bois foncé, si mat qu'il ne renvoyait aucun reflet de la bougie. Au début, elle crut qu'il était vide. Puis elle distingua un faible scintillement à l'intérieur. Quand elle se pencha pour l'examiner de plus près, il s'accentua, comme si une flamme pâle s'était soudain allumée.

Il s'agissait d'un gantelet souple, fait de délicates facettes d'argent, telles les écailles sur le corps onduleux d'un poisson. Les yeux d'Elsbeth s'écarquillèrent. Aucun métal extrait de la terre ne pouvait luire d'un pareil éclat. Les minuscules créatures phosphorescentes des abysses s'étaient-elles collées sur le gantelet alors que les vagues le ballottaient ? Impossible : les parois du coffre étaient sèches.

Comme sous l'effet d'un enchantement, elle tendit la main pour le toucher.

Le cri résonna dans toute la grotte, pétrifiant Edmund.

Il leva les bras pour protéger ses yeux de la lumière aveuglante, mais elle s'évanouit aussi vite qu'elle était apparue. Une fois l'éblouissement passé, il vit Aagard regarder au fond de la grotte, bouche bée.

Elsbeth se tenait face à eux, avec la raideur d'une statue. Son poing droit, paré d'un gantelet d'argent étincelant, brandissait une épée de cristal pur et translucide.

4

Elsbeth demeura pétrifiée par la violence du choc. L'épée lumineuse, plus longue que son bras, la captivait. Elle voulut desserrer le poing pour la lâcher, cependant ses doigts, prisonniers du gantelet, refusaient d'obéir. Autrefois, lors d'un rude hiver, elle avait saisi un morceau de glace à pleine main qui avait longtemps adhéré à sa paume. Le gant d'argent la brûlait et lui collait à la peau de la même manière. Lorsqu'elle tenta de jeter l'épée, son geste lui arracha un cri de douleur.

— Aidez-moi ! Ôtez-la !

Elle crut voir Edmund se lever d'un bond, renversant son tabouret. Aagard, quant à lui, s'était déjà précipité – non pour la débarrasser de l'objet comme elle l'espérait, mais pour faire obstacle au garçon.

— La sensation va s'estomper, déclara-t-il.

Malgré la terreur qui lui obscurcissait l'esprit et les échardes de glace et de feu qui lui transperçaient la peau, elle se rendit compte que le vieil homme était livide. Elle se mordit la lèvre pour contenir un nouveau hurlement, inspirant et soufflant à fond, aussi calmement que possible. Elle se tenait droite, immobile, craignant que le moindre mouvement n'accentue ses souffrances.

Alors que ses genoux étaient sur le point de flancher, la douleur commença à refluer. La brûlure disparut, remplacée par un vague élancement. Elle put enfin relâcher le bras et reposer l'épée contre sa jambe. « Que m'arrive-t-il ? », pensa-t-elle, horrifiée.

Aagard la prit par les épaules et la raccompagna jusqu'à son siège, près du feu. Elle sentait à peine la chaleur de l'âtre. Comme elle ne cessait de frissonner et de claquer des dents, il alla chercher la tunique rouge accrochée au mur et la lui drapa autour du buste. La lame flamboyante ressortait sur l'étoffe, palpitant au gré d'un rythme mystérieux.

— La serrure s'est ouverte toute seule, murmura-t-elle. J'ai touché le gant et... et il s'est retrouvé sur ma main. Je ne voulais pas...

— Chuut ! dit Aagard. Ce que *tu* voulais, et ce que *lui* voulait, sont deux choses bien distinctes.

Ses paroles n'avaient aucun sens pour Elsbeth.

— Je ne peux plus l'enlever ! s'écria-t-elle. Vous ne voyez donc pas ? Ne pouvez-vous pas me le retirer ?

Il recula d'un pas et secoua la tête.

— Mais je n'y arriverai jamais ! l'implora-t-elle.

— Oh, l'épée change de couleur ! s'exclama soudain Edmund.

Elle baissa les yeux : en effet, son éclat s'était atténué. Bientôt, gantelet et épée se dématérialisèrent. La lame s'affina peu à peu, pour ne plus être qu'un mince fil scintillant. Puis il ne resta qu'un halo autour de son poignet. Pourtant elle percevait encore le poids de l'arme dans ses doigts et le contact persistant du pommeau dans son poing ganté.

— Elle est partie, soupira Edmund.

— Non, elle est revenue, rectifia Aagard. Et elle ne s'en ira plus avant d'avoir accompli sa mission.

Elsbeth le dévisagea avec angoisse. La pression déclinait au creux de sa main. Elle replia les doigts et se frotta la paume, heureuse de sentir de nouveau sa chair et ses tendons plutôt que des lamelles de métal.

— Que voulez-vous dire ? demanda-t-elle. Vous croyez que cela va se reproduire ?

Le visage de l'homme reflétait des émotions contrastées. On y lisait l'inquiétude, avant tout, mais également une certaine exaltation.

— Ce ne peut pas être une simple coïncidence, souffla-t-il.

Ses prunelles oscillèrent entre Edmund et la jeune fille pendant quelques secondes, puis il sembla parvenir à une décision.

— Venez avec moi, tous les deux. Nous avons à discuter.

— Je n'avais jamais vu l'épée, avoua Aagard, installé avec ses invités autour du feu, un bol de soupe à la main. J'ai toutefois eu la responsabilité de veiller sur elle durant dix-huit ans, à l'époque où je servais dans le Conseil du roi de Venta Bulgarum.

La curiosité d'Edmund était piquée. Il comprenait l'origine de la tunique rouge à présent.

— J'étais le vassal de Beotrich, roi de Wessex, poursuivit Aagard d'un air sombre. Mon suzerain vit encore, mais le Conseil a été dissous... Nous étions sept, tous barons et savants. Nous avions, entre autres devoirs, la charge de protéger le trésor de la couronne, en particulier l'épée de cristal. Le coffre qui la renfermait est passé de génération en génération, clos et scellé par la sorcellerie. De mémoire d'homme, personne n'a jamais pu l'ouvrir.

Il jeta un coup d'œil à Elsbeth, qui plongea aussitôt le nez dans sa soupe. Elle bougeait les mains de façon normale mais Edmund remarqua qu'elle ne pouvait s'empêcher de caresser le bol de temps en temps, comme si le contact du bois brut la rassurait.

— Néanmoins, chacun connaissait les légendes et la prophétie dont elle faisait l'objet, continua Aagard. L'épée de cristal a été utilisée jadis pour nettoyer le royaume d'un mal terrible, et on racontait que le jour où le Wessex aurait de nouveau besoin d'elle, alors le coffre se rouvrirait, elle réapparaîtrait – et un héros se dresserait pour la porter.

Elsbeth leva brusquement la tête.

— Pourquoi est-elle venue à moi ? Je n'ai rien demandé !

— Peut-être en partie parce que tu n'en veux pas, justement, suggéra-t-il d'une voix douce. Des nombreuses personnes qui ont tenté de forcer ce coffre, aucune n'a réussi. J'ai essayé moi-même, avant que vous ne vous réveilliez. Je sais déchiffrer mieux que quiconque les runes qui encadrent cette serrure. Pourtant, j'ai échoué...

Il fixa tour à tour Elsbeth et Edmund.

— Le dernier à avoir voulu s'en emparer a causé la perte du royaume, tant la détermination de son esprit corrompu était puissante. Il s'appelait Orgrim.

Je l'ai rencontré à Venta Bulgarum. C'était le plus jeune membre du Conseil, celui que le roi Beotrich estimait le plus. Contrairement aux autres, il n'était pas natif du Wessex. Il est arrivé à Venta il y a cinq ans, à la faveur d'un échange d'otages. Ses talents étaient si évidents, et sa dévotion à l'égard de notre roi si grande, que nous l'avons admis dans le Conseil sans hésitation.

« Il ne tarda pas à montrer un intérêt suspect pour les prophéties liées à l'épée de cristal. Il interrogea les conseillers à leur sujet, mais nous ne savions presque rien de plus que les conteurs. Il entreprit donc des recherches et se mit à lire les textes de savants plus âgés. Il nous emprunta des livres sur les anciennes croyances et les dévora inlassablement. Nous avions cependant pris soin de lui dissimuler un ouvrage. Notre chef, Thrimgar, possédait un volume de nécromancie, qu'il considérait beaucoup trop dangereux pour être prêté.

Elsbeth semblait perplexe.

— Un livre de sortilèges, lui chuchota Edmund.

— Ah... Comme ces parchemins qui divulguent des sorts pour faire la pluie et le beau temps ? s'enquit-elle, intriguée.

— Il s'agissait du grimoire d'un vénérable et puissant sorcier, précisa Aagard. Les sortilèges qu'il décrivait pouvaient être aussi dévastateurs que bénéfiques. Le premier permettait de réveiller les dragons... Un jour, ce livre disparut. (La colère du vieil homme, longtemps étouffée, assourdit sa voix.) Avec Thrimgar, nous avons découvert Orgrim agenouillé devant le coffre, le grimoire ouvert à côté de lui. La pièce était emplie de fumée et des traces de sang recouvraient la serrure du meuble. En nous voyant, il s'est enfui sans un mot. Nous avons convoqué le Conseil sur-le-champ et demandé à Beotrich d'exclure Orgrim pour félonie et recours à la magie noire. Malheureusement, nous sommes arrivés trop tard : le perfide avait déjà répandu son poison dans l'oreille du roi.

« Il parvint à persuader Beotrich que ses conseillers complotaient contre lui dans le but de le chasser du trône. Le Conseil fut accusé de haute trahison, dissous, et ses membres arrêtés. L'ascendant d'Orgrim sur le roi était tel qu'il n'écouta aucun de nos arguments. Il ordonna à ses soldats de nous emmener. Par chance, ceux-ci étaient de bons et honnêtes hommes. Ils devinèrent l'imposture. Grâce à l'un d'eux, Thrimgar et moi-même pûmes nous échapper. J'ignore ce qu'il est advenu des quatre autres.

— Et le coffre ? fit Elsbeth.

— Il était hors de question de le laisser derrière nous ! Nous l'avons emporté, en nous jurant de le garder jusqu'à la mort. Je voulais l'apporter ici, mais Thrimgar tenait à ce que l'épée reste dans le Wessex. Quand je suis parti, il y a deux ans, il était allé se cacher avec le coffre à Wareham... Pour qu'il s'en soit séparé, c'est qu'un péril immense devait le guetter – un péril contre lequel il n'était pas de taille. Si Orgrim dispose toujours du grimoire, il a les moyens de jeter des maléfices qui dépassent de loin les limites de notre magie blanche.

— Je ne comprends pas, intervint Edmund. À quoi

l'épée de cristal pourrait-elle être utile à Orgrim, si ce n'est à défendre le Wessex et son roi ?

— C'est toute la question ! À dire vrai, je n'en sais rien, et je ne me lancerai pas dans les suppositions. Il est de ces désastres dont il vaut mieux éviter de parler...

— Mais, insista Edmund, pourquoi Beotrich a-t-il privilégié la parole de cet homme contre la vôtre ? Vous lui étiez fidèles depuis toujours, alors qu'Orgrim était un otage étranger.

Aagard contempla le feu.

— Voilà une des leçons les plus amères que la vie m'ait données. Et vous l'apprendrez aussi, avant que tout cela ne soit terminé. Le mal se camoufle sous de nombreux atours, et lorsqu'il se pare des charmes de la jeunesse, de la beauté et de la sagesse, il devient plus trompeur et redoutable que jamais.

Il baissa sur les deux enfants un visage empreint d'une profonde tristesse.

— Nous admirions tous Orgrim – chacun d'entre nous. Il était exceptionnellement courageux et avisé pour son âge. De plus, il possédait un don unique à Venta Bulgarum. Il n'eut besoin d'inventer aucune preuve, ni même d'invoquer de fausses rumeurs, pour convaincre le roi de l'existence d'un complot. Il lui suffit d'affirmer qu'il avait vu à travers nos yeux et senti notre fourberie.

Edmund frissonna. Il fut tenté de se boucher les oreilles, mais Aagard ne le laissa pas se dérober. Il planta son regard dans le sien et déclara :

— Orgrim était un Ripente.

Allongé sur la paillasse, Edmund observait les reflets des flammes qui dansaient sur le plafond de la grotte. À quelques pas de lui, Elsbeth se tournait et se retournait sans trouver le sommeil. Il éprouvait de la pitié pour elle – et de la curiosité aussi. Les dieux lui imposaient une cruelle destinée en la privant de son père, puis en lui infligeant cette douleur atroce, plus vive que des coups de poignard à en juger par son expression lorsqu'elle avait brandi la lame de lumière. Comment une épée pouvait-elle apparaître et disparaître ainsi ? Et, si Aagard avait raison, pourquoi cette arme légendaire avait-elle choisi une fille inexpérimentée pour la porter ?

Soudain, Edmund fut submergé par la conscience de son propre malheur. Pourquoi se tracassait-il pour cette fille qu'il connaissait à peine, alors que ses ennuis valaient largement les siens ?

Il ne pouvait pas être un Ripente. C'était impensable. Le récit d'Aagard l'avait conforté dans son opinion au sujet de cette race à part : à l'image d'Orgrim, elle formait une engeance de vipères et de fourbes. Qui l'avait mis en garde contre eux, d'ailleurs ? Pas son père, en tout cas. Aucun de ses parents ne les avait déjà mentionnés devant lui. Loyauté et devoir étaient les maîtres mots de leur existence. Comment leur fils pourrait-il appartenir à cette race de félons ?

Il ferma les paupières, en quête d'un sommeil paisible. Il somnola, rêvant sans vraiment rêver.

Il se tenait debout sur une pente caillouteuse, sous un vaste ciel nuageux. De fragiles chardons bleus des dunes poussaient à ses pieds. Dans son dos s'élevait la douce musique de vagues s'échouant sur une plage de galets où s'alignaient de petits bateaux. Une mouette criait au-dessus de sa tête et, plus loin, sur l'autre versant de la côte, il entendait un homme couper du bois.

Il suivit le bruit et grimpa sur la crête. Dans l'enceinte d'un hameau, il découvrit une douzaine de maisons à toit de chaume qui encerclaient une place centrale gazonnée. Sur celle-ci se dressaient des échoppes et des cabanes où séchait du poisson. Un chien aboyait. Les vapeurs des marmites s'échappaient par les cheminées. Quelque part, un habitant moulait du grain. Ce paysage lui évoqua instantanément les tranquilles villages de pêcheurs de son royaume.

À mesure qu'il approchait, cependant, une terreur inexplicable s'empara de lui. Il se précipita vers la première maison, certain qu'un incident effroyable était sur le point de se produire. Avant qu'il ait pu l'atteindre, un rideau de flammes avait embrasé le toit. La fumée l'enveloppa aussitôt. De gros tourbillons noirs le suffoquèrent tandis que la paille crépitait, le noyant sous une pluie d'étincelles.

Une à une, les familles quittèrent leurs modestes chaumières, paniquées. Elles couraient en tous sens avec leurs bêtes – un cochon, ici ; là, des poules aux plumes roussies. Les femmes hurlaient, les bébés vagissaient et leurs pères en colère beuglaient. Edmund trébucha sur un enfant couvert de sang, puis percuta un homme dont les cheveux avaient pris feu. Il vit l'incendie dévorer un filet de pêche tendu entre deux toits. Ensuite, tout disparut derrière la fumée.

Impuissant, désarmé, il tomba à genoux, alors que trois autres demeures se transformaient en bûchers.

« Encore ces démons de vikings ! », pensa-t-il. Il les chercha des yeux, surpris que les hordes ennemies soient allées si loin vers l'ouest. Le rythme des attaques avait diminué dans son royaume au cours de l'hiver. Sa mère et lui en avaient conclu que les envahisseurs étaient accaparés par leurs incursions à l'extrême nord-est.

Puis il les aperçut.

Il ne s'agissait pas de Danois aux cheveux couleur de blé et en cottes de mailles, mais de vingt cavaliers, vêtus de tuniques et de culottes cousues dans de riches étoffes sombres. Ils portaient sur le crâne des heaumes pointus, qui brillaient au soleil comme des fers de lance, et sur le bras gauche des boucliers à ombon d'argent – un simple rond argenté sur champ noir. Les quatre premiers cavaliers arboraient de longues épées tandis que les suivants agitaient des torches. Ils menaient leurs chevaux avec détermination, les chefs frappant sans distinction quiconque se trouvait sur leur passage – femmes, vieillards, enfants ou chiens – , pendant que leurs compagnons incendiaient les chaumières les unes après les autres.

Un habitant parvint à s'enfuir. Immédiatement, un ordre fusa et un soldat s'élança à sa poursuite.

Edmund hurlait pour prévenir le fugitif quand, brusquement, il se retrouva transporté à dos de cheval, à ses trousses. Du coin de l'œil, il entrevit l'éclat du métal : une épée levée. Malgré sa frayeur, il sentit une joie féroce monter en lui.

L'homme devant lui buta sur une grosse pierre et

chuta de tout son long. Edmund fonça sur sa victime affolée, le coude bien haut. Il était prisonnier du regard du tueur fondant sur sa proie, incapable d'empêcher le drame. Il tenta de se libérer alors que son épaule amorçait le geste fatal. En vain. Il ne put même pas fermer les paupières lorsque la lame s'abattit.

5

— Edmund, réveille-toi !

Le contraste offert par la main hâlée d'Elsbeth sur le bras exsangue du dormeur était saisissant. Le garçon se débattait et gémissait. Il lui semblait si faible – et si petit. Au début de la traversée, le père de la jeune adolescente lui avait pourtant dit que le timide passager avait à peu près son âge. Son cœur se serra. Elle avait pensé au commandant Trymman toute la nuit, sans pouvoir dormir. Ses yeux étaient irrités et endoloris, de même que sa main droite. Elle sentait encore son cœur battre au bout de ses doigts crispés.

Elle ne réussit à s'assoupir que quelques secondes, pour se réveiller presque aussitôt, le poing fermé sur la poignée d'une épée invisible. Mais quand elle tâta sa paume, celle-ci était vide. Il n'y subsistait qu'un léger picotement, comme si quelque chose attendait patiemment sous sa peau le moment de se dévoiler.

Lorsqu'un pâle ovale de ciel se découpa à l'entrée de la grotte, elle n'avait qu'une idée en tête : se rendre au village voisin, Medwel. Ses habitants avaient sûrement assisté au naufrage, fouillé le rivage en quête de débris échoués et recueilli les survivants.

« Il est inutile que je réveille le vieil homme, se dit-elle. Si je pars maintenant, je serai là-bas au lever du jour. Alors je pourrai me renseigner au sujet de l'*Alcyon* et ensuite, au moins, je serai fixée. »

Cependant, son sens du devoir envers le garçon la retenait. Son père avait promis de veiller en personne à ce qu'il arrive sain et sauf sur la côte gauloise. Si, par malheur, les nouvelles étaient mauvaises à Medwel, Elsbeth devrait le conduire au port le plus proche et lui dénicher un bateau pour la Gaule. Ce serait la meilleure solution. Après, elle chercherait un des nombreux commandants de vaisseaux de sa connaissance et proposerait de travailler à bord pour payer son voyage retour en direction de Dubris.

Elle secoua Edmund.

— C'est presque le matin, lui murmura-t-elle en jetant un regard inquiet en direction d'Aagard. Viens, il faut qu'on trouve un port.

Le garçon frissonna, puis se redressa d'un geste vif, les prunelles écarquillées.

— Assassins ! Arrêtez-le... arrêtez..., balbutia-t-il d'une voix rauque.

— Chut ! Calme-toi !

Lorsqu'il vit la jeune fille à ses côtés, sa respiration s'apaisa.

— J'ai crié ? chuchota-t-il. Je suis désolé. J'ai fait un cauchemar.

— Tu rêvais de la tempête ?

— Non... Je... je ne me souviens plus.

Elsbeth comprit à son expression troublée que les images de son rêve continuaient de le hanter. Elle se mit debout avec peine.

— Je vais à Medwel pour essayer d'obtenir des nouvelles de mon père. S'il n'y a plus d'espoir, je rentrerai vers l'est. Tu devrais venir avec moi. Je te mettrai sur un bateau pour la Gaule.

— Non, répondit-il d'un ton sec.

Elle fronça les sourcils : n'avait-il pas confiance en elle pour achever la mission de son père ? Elle ouvrit la bouche, mais il ne lui donna pas le temps de protester :

— Écoute, on ne peut pas partir sans avertir Aagard. Il faut au moins qu'on le remercie de nous avoir logés.

Elsbeth rougit d'un air coupable. Dans sa précipitation, elle en avait oublié ses bonnes manières.

— Je vais lui laisser mon couteau à écailler, pour le dédommager. Il sait que je dois me renseigner sur le sort de l'équipage.

— Elsbeth, si tu ne reviens pas à Gullsedge, comment en apprendras-tu davantage sur l'épée ? insista Edmund.

— Quelle épée ? lâcha-t-elle. Elle a disparu, et je n'en veux plus. Aagard n'a qu'à la faire apparaître entre les mains de quelqu'un d'autre.

— Je crains d'en être incapable.

La haute silhouette de l'ancien conseiller du roi les dominait. Son teint était fantomatique dans la lueur de l'aube. Il secoua la tête, le front plissé d'inquiétude.

— Edmund a raison, mon enfant. L'épée t'a choisie et elle ne changera pas d'avis. Je n'ai pas le pouvoir de t'en débarrasser. En revanche, si tu restes ici quelque temps, je pourrai t'aider à découvrir la cause de sa venue et de ta désignation ainsi que le but qu'elle poursuit.

La paume droite d'Elsbeth se mit à fourmiller. Elle serra le poing et fixa son hôte d'un œil noir.

— Non ! Elle devra désigner quelqu'un d'autre !

Aagard posa sur elle un regard si plein de pitié que les yeux d'Elsbeth s'emplirent de larmes.

— Pardonnez-moi, marmonna-t-elle. Vous avez été bon et je ne possède pas grand-chose pour vous payer de retour. Néanmoins, je dois rendre l'épée. Je ne sais même pas m'en servir ! Je suis une navigatrice, pas un soldat. (Elle marqua une pause et essuya ses larmes avec sa manche.) Surtout, je dois retrouver mon père. S'il n'est pas à Medwel, alors je rentrerai dans le Kent et je raconterai à Dubris ce qui s'est passé.

Aagard se tourna vers Edmund.

— Es-tu décidé à partir aussi ? Tu n'as pas accueilli ton don avec joie, toi non plus. Mais si tu veux, je t'aiderai à t'en accommoder au mieux.

Elsbeth haussa un sourcil. Quel don ? Elle vit Edmund se raidir ; son visage blême trahissait sa nervosité. Lorsqu'il prit la parole, l'arrogance qu'elle avait déjà notée dans son attitude perçait sous son ton courtois.

— Je vous remercie. Je vous suis très reconnaissant de ce que vous avez fait pour nous. Toutefois, j'ai moi aussi de la famille qui m'attend, à Noviomagus. Ils me croiront mort quand la nouvelle du naufrage parviendra jusqu'à eux.

Aagard soupira.

— J'aimerais pouvoir vous persuader de rester, dit-il, la mine sombre. J'ai peur que vous ne courriez au-devant d'un grand danger. Quoi qu'il en soit, vous n'échapperez pas à votre destin. Tôt ou tard, il vous rattrapera.

Sur ces mots, il traversa la grotte en direction de deux jarres. Il puisa une poignée de quelque chose dans chacune, et en versa le contenu dans deux sacs de cuir.

— Nous avons intérêt à emmener des provisions, marmonna-t-il, comme pour lui-même. Je vous accompagnerai aussi loin que je le pourrai. Ensuite, vos dieux respectifs devront veiller sur vous.

Le soleil commençait juste à poindre à l'horizon quand ils empruntèrent le sentier qui longeait la côte en direction de Medwel. Aagard marchait devant. Ni les années ni les durs cailloux ne ralentissaient son pas. La mer s'étendait à leur droite, calme, léchant patiemment le sable à la manière d'un chien appliqué. La tempête de la veille n'avait laissé aucune trace, si ce n'était des souvenirs brumeux dans l'esprit tourmenté des survivants.

Aagard avait fourni à chacun des enfants un sac rempli de poisson séché et de pain d'orge, ainsi que les couvertures qu'ils avaient utilisées la nuit précédente. Quand Elsbeth lui avait tendu son couteau en échange, il avait repoussé sa main. Edmund s'était senti terriblement honteux, car il n'avait pas même un canif à offrir.

Les mâchoires crispées, il songeait que rien n'était plus pareil depuis qu'il était monté à bord de l'*Alcyon*.

« J'aurais dû raconter mon rêve à Aagard, pensa-t-il.

Il semblait si réel – le village, l'incendie, les soldats, le bain de sang, et cet homme... » Son cœur se mit à cogner dans sa poitrine tandis qu'il revivait l'émotion de joie sauvage qui l'avait assailli lors du meurtre. Que les dieux aient pitié de lui ! Il avait déjà éprouvé ce flot de plaisir cruel en regardant l'*Alcyon* sombrer à travers les yeux du dragon...

Il serra les poings, refusant d'accepter l'idée qui s'imposait à lui, et remarqua qu'Elsbeth l'observait d'un air anxieux. Maudite soit-elle ! Elle n'arrêtait pas de l'épier. Il se pencha pour retirer une épine d'ajonc de ses jambières. Elle l'avait déjà vu transi de peur une fois, sur le pont du navire, et il ne voulait plus passer pour un lâche. Que dirait-on de lui dans la Grande Salle du château de son père ? On l'appellerait Edmund le Poltron ! Edmund la Souris Affolée !

Il inspira profondément, comme le lui avait appris son oncle Aelfred, ce matin où il s'était réveillé en sursaut d'un horrible cauchemar.

« Souviens-toi, jeune Aile-de-Neige : c'est facile d'être courageux, il n'y a qu'à faire comme si ! » avait-il préconisé.

Edmund redressa son dos courbaturé et dégagea ses épaules. Il avait survécu à la tempête, au naufrage, au dragon, à la violence des flots. À présent, il ne lui restait plus qu'à rentrer chez lui très vite, avant que sa mère ne se soit complètement rongé les sangs.

Il repartit d'un pas déterminé.

Ils atteignirent enfin le sommet de la colline et franchirent le cap. Quand Edmund découvrit les chaumières qui se profilaient dans la baie, une vague de terreur le submergea. Il entendit Aagard annoncer :

« Medwel », mais le reste de sa phrase se perdit dans l'orage qui grondait à l'intérieur de son crâne.

Là, ces maisons aux toits de chaume, la place et ses cabanes de pêcheurs, les broussailles autour, il les connaissait ! Devant le hameau, une plage de galets descendait en pente jusqu'à la mer. Plusieurs petites embarcations avaient été tirées au sec, à l'abri de la marée. L'ensemble composait un paysage paisible, splendide et sauvage. Il était presque impossible de l'imaginer brûlé et ravagé, piétiné par les sabots ferrés de cavaliers sanguinaires. Et pourtant...

Dès que le sentier s'élargit, Elsbeth dépassa Aagard en courant. Celui-ci força l'allure, comme s'il appréhendait ce qui l'attendait. Edmund les suivit d'une démarche mal assurée, obsédé par des images de toits en feu et de guerriers abattant leur épée sur des hommes sans défense.

À l'intérieur du village, l'ambiance était tranquille. Une forte odeur de poisson émanait des huttes. Devant leurs portes, les femmes vidaient les harengs. De la bouillie de gruau frémissait dans une marmite suspendue au-dessus d'un foyer commun. Sur l'herbe rabougrie, un groupe d'enfants se roulaient par terre, jambes nues, en jouant avec deux chiots décharnés.

Quand Edmund le rattrapa, Aagard bavardait avec une villageoise aux joues cramoisies.

— Il est plus vigoureux que jamais, et c'est grâce à vos bons soins, maître Aagard ! Vous savez, on a bien cru qu'on allait le perdre.

« Ce ne peut pas être l'endroit que j'ai vu cette nuit, se dit-il. Aucun péril ne rôde par ici. Ils vont me prendre pour un fou si je commence à leur parler de pillards. » Les exclamations de la paysanne interrompirent ses réflexions.

— Oh, la nuit dernière ! Sortis sains et saufs de la tempête ? Ça, alors...

Impatiente, Elsbeth l'interrompit :

— Auriez-vous vu quelqu'un d'autre ? Un marin échoué sur le rivage, par exemple ?

La femme regarda la jeune fille avec stupéfaction.

— Quelqu'un ? Ma pauvre, on n'a même pas repêché un morceau de bois pour allumer un feu ! Non, ni survivants ni noyés, pour l'instant.

Comme le visage d'Elsbeth se décomposait, révélant une tristesse infinie, elle s'empressa d'ajouter :

— Mais demande toujours aux hommes, on ne sait jamais : ils sont partis ce matin poursuivre les recherches...

Sans attendre la fin de sa phrase, Elsbeth se précipita vers la plage.

Aagard sembla hésiter à la retenir. Puis il la suivit des yeux d'un air las.

— Nous devons partir le plus tôt possible, annonça-t-il à Edmund. Si l'épée se montre en plein jour, vous serez tous deux en grand danger.

Le prince le toisa, agacé. Aagard n'avait pas à lui imposer ses décisions. D'ailleurs, si l'épée risquait de compromettre son retour, il ferait route de son côté. Sa cour l'attendait.

Il s'apprêtait à plaider son point de vue, lorsqu'il se rendit compte de son absurdité. Que deviendrait-il, seul ? Perturbé par des rêves étranges, incapable de s'orienter, et surtout terrifié, il serait aussi désemparé qu'un poussin égaré...

Elsbeth quitta la plage en se traînant sur les galets.

— Je regrette, fillette : pas le moindre signe de vie sur les lieux du naufrage, lui avait dit un pêcheur. Les quelques débris qu'on a récupérés étaient noirs et calcinés. Qu'un incendie pareil ait pu se déclarer dans la mer démontée ! J'avoue que c'est un mystère ! Je jure pourtant que j'ai vu des flammes, et plus vives que chez le forgeron – il n'y a qu'à examiner le bois. Franchement, je serais étonné qu'on tombe sur un survivant.

Les hommes étaient surpris qu'Elsbeth ait réchappé de la catastrophe. Ils la dévisageaient avec une certaine admiration – et une pointe de crainte, comme s'ils la soupçonnaient d'être une sirène ou quelque créature marine.

Elle les remercia maladroitement, puis se tourna vers le hameau, ses yeux absents embués de larmes. Mais elle prit soin de sécher ses pleurs avant d'atteindre les premières maisons. À quoi bon sangloter ? Elle avait gaspillé ses forces. Il ne lui restait plus rien, à part la perspective de rejoindre le port où elle avait grandi, et elle aurait besoin de toute son énergie pour y parvenir.

À son grand soulagement, Aagard ne lui posa aucune question. Lui et Edmund gardèrent le silence. Le garçon était nerveux, et blanc comme l'écume. Ils acceptèrent sans protester l'invitation à déjeuner de la femme.

Assise près de l'âtre dans la minuscule cabane de son hôtesse, Elsbeth mâchait un biscuit d'avoine sans le savourer, indifférente à la conversation.

— La route est bien balisée et assez sûre, pourvu qu'on ne s'en écarte pas, expliquait Aagard. Du moins, c'était le cas il y a deux ans. Et nous pouvons compter sur les habitants du Wessex pour nous procurer un abri. Nous partirons sitôt le repas terminé.

Elsbeth se demanda ce qu'elle ferait, une fois à Dubris. La maison de son père était exiguë et presque vide. C'était l'*Alcyon* qui représentait son véritable foyer, et toute sa fortune. Tante Freda, son unique parente encore en vie, voudrait la prendre chez elle. Mais ses trois cousines passaient leur temps à coudre, à filer et à parler de leurs fiancés en gloussant. Oh, non ! Elle ne s'attarderait pas là-bas. Elle ne connaîtrait le bonheur qu'en mer. Il y aurait bien un commandant de navire à Dubris sachant que maître Trymman avait transmis un bon enseignement à sa fille et qu'il accepterait de l'engager.

D'abord, elle devait s'assurer que son père, s'il était vivant, n'avait pas trouvé un moyen de retourner à Dubris. Elle avait été sauvée par un bout d'épave flottante, pourquoi pas lui ? Ne finissait-il toujours pas par rentrer fièrement au port, les voiles gonflées par une douce brise ?

Que lui importaient les réflexions d'Aagard sur l'état des routes ? Cette fois, il ne la ferait pas dévier de sa résolution : elle se dirigerait vers le port le plus proche, avec ou sans Edmund.

Le cœur plus léger, elle jeta un coup d'œil au garçon dans la pièce mal éclairée. Déciderait-il de l'accompagner ? Difficile à dire. Il était tellement réservé et si absorbé dans ses pensées, à croire qu'il avait peur de s'écorcher la langue en se confiant...

Elle sursauta lorsque, subitement, il se leva et se dressa face à Aagard, les mâchoires serrées. Il se mit à fouiller dans son col, les doigts tremblants.

— Veu-veuillez recevoir ceci, balbutia-t-il, pour paiement de votre hospitalité.

Aagard haussa ses sourcils grisonnants en découvrant au creux de sa paume une magnifique broche d'argent, en forme d'oiseau aux ailes déployées.

Il rendit le bijou au prince.

— Ce cadeau suffirait à rembourser des années d'hospitalité. Garde-le, Edmund, et dissimule-le bien. La gratitude que démontre ta famille n'est pas un vain mot, je le sais.

Sous le regard perplexe d'Elsbeth, Edmund rougit comme une pivoine et reprit sa broche en silence.

À l'heure de quitter Medwel, Elsbeth déclara :

— Je ne viens pas avec vous. Je rentre chez moi par bateau.

Aagard la prit brusquement par les épaules.

— Non ! Tu ne dois en aucun cas reprendre la mer. Ni toi ni Edmund. Il est temps que vous compreniez que vous êtes aujourd'hui confrontés à des ennemis redoutables. Les côtes sont surveillées... Cette tempête avait des yeux ! Souvenez-vous-en !

Elsbeth sentit ses genoux flancher.

— Mais comment pourrais-je... ? Je n'ai plus rien...

Les prunelles d'Aagard lançaient des éclairs.

— Monte à bord d'un vaisseau, et le dragon te repèrera aussitôt. Il *est* la tempête. L'océan ne vous offrira aucune issue. Regarde ce qui est arrivé à l'*Alcyon*. Pulvérisé ! Au moins, sur terre, vous rencontrerez des endroits où vous cacher et des gens pour vous aider.

« Dragon ? » Elle fit la moue. Avait-elle bien entendu ? Déconcertée, elle vit Edmund hocher la tête.

— C'est vrai, Elsbeth. On n'a pas le choix.

Elle le fixa, sans voix. Est-ce qu'il soutenait lui aussi qu'un dragon projetait de la pourchasser sur les flots ? Que lui resterait-il donc si elle renonçait à son dernier espoir ?

Soudain, une décharge glacée parcourut son bras droit. L'espace d'un instant, elle sentit sur sa peau le contact du gantelet d'argent, et dans son poing, le poids de l'épée invisible. Du fond de son esprit, un murmure s'éleva :

— Tu m'as, moi, Elsbeth.

6

Au coucher du soleil, ils avaient parcouru plusieurs lieues à l'intérieur des terres. Elsbeth marchait à pas lourds, en silence, comme si elle traînait son cœur derrière elle, accroché au bout d'une chaîne. Elle ne cessait de se frotter la main droite. À l'évidence, l'épée de cristal avait laissé une forte empreinte dans sa paume.

Edmund éprouvait de la compassion pour la jeune fille. Il estima qu'elle méritait quelques éclaircissements – seulement, par où commencer ? D'une voix hésitante, il lui raconta la première vision qu'il avait eue au cours de la tempête et lui rapporta les propos d'Aagard sur Torment, le dragon. Il fut très discret, en revanche, au sujet de son nouveau pouvoir. D'ailleurs, il ne parvenait toujours pas à prononcer le mot « Ripente » – encore moins à croire qu'il en était un. Il fut soulagé de la voir acquiescer en silence, attentive. Elle semblait le croire, et comprendre que s'emmurer dans son chagrin en niant l'existence des dragons ne la mènerait à rien.

— Aagard a raison : le péril est mille fois plus grand en mer. Pour ma part, je ne prendrai plus le risque de monter à bord d'un bateau – pas sur ces côtes, en tout cas.

— Pourtant, tu étais censé rejoindre ton père en Gaule, non ? Tu n'iras pas ?

— Non, je dois rentrer dans le Sussex, et faire savoir à ma mère que je suis vivant.

Surtout, et plus encore depuis son cauchemar, il craignait de laisser la reine seule face au danger. Elle avait eu tort de l'éloigner. Mais il ne pouvait pas confier ses inquiétudes à Elsbeth sans se dévoiler plus qu'il ne le souhaitait. Il s'empressa de détourner la conversation.

— Et toi ? Tu vas t'installer dans le village de ton père ?

Elle sourit tristement.

— C'est l'endroit que je connais le mieux... enfin, sur terre.

Comme elle n'avait pas l'air décidé à révéler ses projets, il abandonna la conversation et s'arrêta pour contempler le paysage inhabituel qui s'étendait autour d'eux. Les broussailles des falaises de Medwel avaient cédé la place à des champs soigneusement entretenus.

Tandis qu'ils progressaient côte à côte le long d'une tréflière, Aagard annonça qu'ils passeraient la nuit chez un ami à lui, un seigneur du nom de Gilbert.

— Il possède un domaine d'une vingtaine d'acres, expliqua-t-il.

Une haute palissade en bois ceignait le village. Des hommes les invitèrent à la franchir, et Gilbert lui-même, un colosse à barbe blonde, les accueillit chaleureusement de l'autre côté. Il les précéda devant les huttes des esclaves et des serfs, les ateliers et les réserves, jusqu'à une bâtisse rectangulaire, beaucoup plus vaste que n'importe quelle maison de Medwel. À l'intérieur, une foule de personnes se trouvait déjà attablée autour de deux larges planches posées sur des bottes de paille.

— Radegund ! cria Gilbert. Nous avons trois invités de plus. Aagard est parmi nous, avec deux pauvres malheureux qu'il a secourus après le naufrage.

Sa femme leva les yeux de sa marmite et envoya une jeune esclave chercher trois rations de porc salé.

— Messire Aagard, quel honneur ! s'exclama-t-elle, avant de leur indiquer quelques rares sièges libres. Les invités affluent aujourd'hui, je suis une maîtresse de maison comblée.

Ils s'assirent à côté de deux solides gaillards, que Radegund présenta sous les noms de Deor et Dagobert, deux frères associés en négoce qui revenaient de l'ouest. À l'autre bout de la table, un inconnu aux traits anguleux salua Aagard. D'un âge incertain, petit et sec, quoique vigoureux, il portait des habits simples de voyageur. Son regard indifférent glissa sur Elsbeth et Edmund ; toutefois, le prince sentit qu'il lisait en lui comme dans un livre, à croire que son arbre généalogique, avec les ramifications passées et futures, était inscrit sur son visage. Aagard lui retourna froidement son salut.

— Quelle heureuse rencontre, Cluaran, dit-il d'un ton cordial. Je me demandais justement si je te verrais ici. Les enfants, voici Cluaran. Il...

— Oh, je ne suis qu'un misérable vagabond.

Ce dernier avait un accent léger et chantant, que le garçon n'avait jamais entendu auparavant.

— Je glane de-ci de-là des bribes de chansons et de contes, que j'échange ensuite contre un bon souper. Je suis honoré de faire votre connaissance.

Il courba le front d'un air humble, mais une étincelle de moquerie luisait dans ses prunelles gris-vert.

— Cluaran est un excellent ménestrel, précisa l'hôtesse en leur servant des bols de bouillon d'orge. Il vient ici chaque année nous apporter ses chansons et des nouvelles des autres royaumes. Vous arrivez juste au bon moment !

Edmund, pourtant habitué à dîner à la cour de son père, dut admettre que Gilbert était un hôte généreux. Elsbeth lorgnait les plats chargés de pain et de viande avec une mine hébétée. Elle hocha la tête, bouche bée, quand un esclave s'approcha d'elle avec une carafe de vin.

— Méfie-toi ! l'avertit Edmund. C'est beaucoup plus fort que de la cervoise.

Trop tard ! Elle en avait déjà avalé une rasade. Surprise, elle lâcha sa coupe et se mit à cracher. La boisson dorée se répandit sur la table. Face à elle, les deux marchands reculèrent sur leurs chaises en jouant les offusqués.

— Tu as le droit de ne pas aimer ça, fillette, mais ce n'est pas une raison pour gaspiller ! s'écria l'un d'eux pendant que son frère ricanait.

Rouge de honte, Elsbeth baissa le front. Edmund appela une esclave et, tandis que celle-ci épongeait le vin, il jeta aux malotrus le même regard que le roi, son père, lançait aux messagers malpolis. Cela n'eut pas exactement l'effet foudroyant qu'il escomptait. Toutefois les deux hommes, mal à l'aise, cessèrent de glousser pour s'intéresser de nouveau à leurs plats.

— Tu aurais pu me prévenir plus tôt ! chuchota Elsbeth. D'où sors-tu pour avoir déjà bu du vin ? Chez moi, on ne boit jamais autre chose que de la cervoise ou du lait.

À court de mensonges, Edmund fut sauvé par l'intervention du ménestrel. Un à un, les convives se turent pendant que Cluaran prenait sa harpe. Il interpréta d'abord un rythme entraînant, pour le plus grand plaisir de l'assemblée qui l'accompagna en sifflant et en tapant des mains, puis il enchaîna avec les accords tristes de la *Complainte du vagabond*. Enfin, il entama d'une voix monotone le récit du *Trésor d'Annwvyn*. Edmund connaissait cette histoire par cœur car sa mère la lui avait racontée à maintes reprises. Cependant, les intonations à la fois étranges et douces du conteur le captivèrent. Elsbeth ne put s'empêcher de sourire lorsqu'il parla du géant, si énorme qu'on le prenait pour une montagne, et qu'il évoqua la quête du chaudron qui ramenait les défunts à la vie. Gilbert l'encourageait à grands cris, réclamant toujours plus de cervoise tiède pour le chanteur.

Le ménestrel finit par reposer son instrument, en dépit du tollé général. Edmund étudia la scène avec curiosité. Le musicien était très apprécié, sans aucun doute ; néanmoins, personne n'alla le complimenter et lui-même fuyait la compagnie. Il se retira dans un coin et sirota sa bière en silence, assis sur un tonneau retourné.

Au bout d'un moment, Aagard alla s'entretenir brièvement avec lui.

— Cluaran est-il un ami à vous ? lui demanda Edmund à son retour.

Aagard réfléchit longuement, avant de formuler sa réponse avec précaution :

— Il m'a aidé, par le passé. Et je lui ai moi aussi rendu quelques services. Il est un allié à ne pas négliger quand les temps sont durs. Mais non, je n'irais pas jusqu'à le qualifier d'ami.

Le lendemain encore, Cluaran s'isola pour prendre son petit déjeuner, loin des négociants qui plaisantaient bruyamment avec d'autres invités. Elsbeth, Aagard et Edmund étaient attablés avec leur hôte. Gilbert s'était donné du mal pour les loger convenablement. Il leur avait procuré de bons lits de paille dans le grand hall, qui était chauffé toute la nuit, et on leur présenta au matin plus de pain et de fromage qu'ils ne pouvaient en manger. Le baron parut déçu quand Aagard lui annonça son intention de repartir.

— Bien sûr, vous savez ce que vous faites, maître Aagard. Mais la route sera longue ! De plus, des rumeurs inquiétantes nous parviennent du Wessex depuis quelque temps. On parle de brigands dont les crimes seraient sans commune mesure avec ceux de voleurs ordinaires. On dit même que les propres hommes du roi Beotrich ratissent le pays en exigeant des tributs, et que personne ne les arrête.

— Hmm... Cela confirme ce que Cluaran m'a rapporté hier soir, répondit Aagard d'une voix morne.

Le large front de Gilbert s'illumina.

— Pourquoi ne pas voyager avec le ménestrel ? Il va à Wareham, c'est plus ou moins sur votre chemin. Il est connu partout dans le pays. Il pourra vous recommander, si nécessaire.

— Cluaran a l'habitude de voyager seul, objecta Aagard.

Pourtant, l'expression du vieil homme trahissait son indécision.

Dès le repas terminé, Aagard prit congé de son ami. Bouillant d'impatience, Edmund piétinait derrière le seuil. Cluaran, quant à lui, se dirigeait déjà vers la palissade d'un pas déterminé, avec son ballot et l'étui de sa harpe sur le dos. Le garçon fut soulagé de le voir partir. Le regard pénétrant qu'il lui avait adressé lors de leur rencontre lui laissait un souvenir désagréable. Et puis suivre un ménestrel supposait de marquer une étape dans chaque maison, et Edmund n'avait aucune envie de faire le trajet avec lui.

Alors qu'ils franchissaient l'enceinte, ils aperçurent un cavalier qui fonçait vers le village sur sa monture en sueur. Aagard fit soudain demi-tour.

— Attendez-moi ici.

Il réapparut quelques instants plus tard, suivi de Gilbert.

— Hé, Wulf ! lança celui-ci, essoufflé. Pourquoi reviens-tu si tôt ? Aurais-tu croisé quelque monstre ?

Il se tut brusquement, les yeux effarés. Wulf était d'une pâleur mortelle et une profonde entaille rayait sa joue.

— Medwel ! souffla-t-il en tirant d'un coup sec sur sa bride.

Edmund se figea, glacé d'effroi. Aagard et Gilbert se précipitèrent pour aider Wulf à descendre de selle, mais il refusa de bouger.

— Je dois y retourner ! Nous devons tous y aller ! Il y a des guerriers... avec des torches... Medwel brûle !

Le cri de désespoir du jeune prince passa inaperçu. Le baron, qui avait pour devoir de protéger les habitants du hameau, héla ses hommes d'armes tandis qu'Aagard interrogeait le rescapé. Des bribes de phrases parvinrent au garçon.

— ... soldats envoyés par un lord, armés d'épées... pas de simples brigands. Ils harcelaient les anciens... je n'ai pas réussi à savoir quoi. Quand ils ont commencé à incendier les maisons, je...

Il se boucha les oreilles. Les images des toits de chaume embrasés et des gens affolés lui revinrent en mémoire avec tant de violence qu'il tomba à genoux.

— Edmund ?

Les hommes de Gilbert couraient en tous sens, rassemblant lances et chevaux, et le branle-bas général lui donnait la nausée.

— Edmund, répéta Aagard. Tu es souffrant ?

— J'ai tout vu, murmura-t-il.

Comme Aagard tardait à comprendre, il hurla avec rage :

— Je les ai vus en train d'attaquer Medwel ! Des guerriers armés, tels que les a décrits Wulf, avec les mêmes habits et des ombons d'argent sur leurs boucliers !

Il n'eut pas la force de raconter comment ils frappaient tous ceux qui se trouvaient sur leur passage, aussi froidement que l'on fauche des tiges de blé, ni le meurtre qu'il avait perpétré lui-même, et sa jouissance lorsque la lame d'acier avait transpercé la chair, puis fracassé l'os.

— Comment aurais-tu pu... ? commença Elsbeth.

Aagard la fit taire d'un geste. Impassible, il attendit la suite du récit.

— J'ai fait un rêve dans la grotte, poursuivit Edmund. À notre arrivée à Medwel hier, j'ai reconnu l'endroit, mais tout était si calme, si paisible... J'ai préféré ne rien dire, j'ai pensé que personne ne me croirait.

— Moi, je t'aurais cru, Edmund. Des boucliers avec un rond argenté sur fond noir, as-tu dit ? Alors ces crimes portent la signature d'Orgrim.

Edmund le regarda, troublé.

— Pourquoi voudrait-il brûler Medwel ?

Subitement, Aagard s'immobilisa.

— Il essaye d'utiliser mes yeux ! beugla-t-il en se couvrant le visage. Fermez les paupières !

Edmund obéit sans discuter. La note de panique dans la voix du vieillard lui avait glacé le sang. Prisonnier de l'obscurité, ses idées se bousculèrent. Comment deviner si Orgrim tentait de s'insinuer en lui ? Il ne tarda pas à découvrir la réponse. Une présence forçait les murs de son esprit. Elle s'évanouit bientôt, remplacée par une étrange sensation de vide. Prudemment, à la manière de quelqu'un qui explore une dent creuse, il partit à sa recherche.

Un flot de conscience étranger, froid et mordant, telle une tempête de neige, le heurta de plein fouet.

Une volonté malfaisante tenta de dominer la sienne, enflant pour prendre toute la place à l'intérieur de sa tête. Edmund lutta, mais l'adversaire était insaisissable. Comment se battre contre un brouillard ? Peu à peu, ses idées devinrent floues et s'effilochèrent tels de minuscules nuages balayés par des rafales.

Confus et horrifié, Edmund se sentit disparaître.

7

Edmund sentit la main rassurante d'Aagard posée sur son épaule et distingua sa voix, comme si elle parvenait de très loin.

— Alors, toi aussi, tu peux le percevoir. Edmund, sache qu'il ne peut ni te contrôler, ni t'entendre. Essaie de lui fermer ton esprit !

Le garçon chercha de nouveau un moyen de repousser l'intrus. À force de tâtonner, il finit par déceler une ouverture dans la paroi lisse et souple de sa conscience, par où le poison ennemi se déversait. Il rassembla son énergie et tâcha de combler la brèche.

Lentement, l'étranger se retira. Seule l'impression de cruauté subsista – une jubilation malveillante qui semblait lui promettre un retour prochain. Puis la faille se referma complètement.

Edmund s'écroula contre la palissade.

— Que s'est-il passé ? s'exclama Elsbeth, stupéfaite.

— Orgrim a tenté de voir à travers les yeux d'Edmund, expliqua Aagard, les traits plus marqués que jamais. Il s'en est d'abord pris à moi. C'est loin d'être la première fois qu'il agit ainsi, et je l'ai reconnu aussitôt. Quand j'ai fermé les paupières, il s'est rabattu sur Edmund. Il a dû penser que son jeune âge en ferait une proie facile.

Elsbeth frissonna à l'idée qu'un être puisse s'insinuer dans le crâne de quelqu'un et lui emprunter son regard.

— Dans quel but a-t-il fait ça ?

— Il traque l'épée de cristal.

Elle fronça les sourcils.

— Pourtant, je n'ai rien senti, moi.

Si Orgrim voulait l'épée, pourquoi ne pas s'attaquer directement à son porteur ?

— Il est possible qu'elle te protège, suggéra le vieil homme. D'un autre côté, la plupart des victimes des Ripente ne se rendent compte de rien. J'ai beaucoup étudié et je connais leurs manières. Toutefois, je n'aurais jamais pu réussir l'exploit qu'Edmund vient de réaliser : le chasser alors qu'il venait de prendre possession de mon esprit. On m'avait bien dit que les Ripente étaient capables de s'affronter mentalement.

— Je ne sais pas... Il... Il a plutôt renoncé, je crois.

Le garçon était à bout de forces et parler l'épuisait.

— Non, tu l'as battu, affirma Aagard. Tu l'as identifié immédiatement et tu as su lui résister. Un jour viendra où tu seras plus puissant que lui.

— À votre avis, il va revenir ? gémit-il. Mais pourquoi ? Je ne représente rien pour lui !

— Il t'a aperçu à mes côtés. Et il doit se demander ce que je t'ai raconté à propos du coffre. Peut-être ai-je eu tort d'attirer son attention sur toi en t'accompagnant jusqu'ici... Enfin, nous n'y pouvons rien changer à présent. Le pouvoir d'Orgrim s'accroît. Le livre des sortilèges lui a enseigné l'art de s'allier avec les dragons et il est à l'origine de la tempête qui a coulé votre navire. Il savait que l'épée de cristal était à bord et il voulait éviter qu'elle atteigne la Gaule.

Sidérée, Elsbeth fixait sa main. « Tout ça à cause de cette fichue épée ! » L'étreinte du gantelet s'accentua soudain ; le contact froid et vibrant du pommeau la saisit. Elle serra le poing, comme pour les briser en morceaux.

— Maître Aagard !

Gilbert les rejoignit en courant, la mine anxieuse.

— Nous partons sur-le-champ à Medwel. Venez-vous ? Vos talents de guérisseur pourraient se révéler précieux.

Aagard se rembrunit.

— Bien sûr, je ferai de mon mieux. (Il se tourna vers les enfants.) Continuez de marcher vers l'est, sans traîner. Les troupes d'Orgrim sont plus proches que je ne le supposais... Elsbeth, es-tu vraiment décidée à aller dans ton village ? Si j'étais toi, je me dirigerais vers le sud et je me cacherais à Dunmonia jusqu'à ce qu'ils renoncent aux recherches.

— Me cacher ? Jamais ! Puisque ce sorcier n'a rien contre moi, je rentre à Dubris.

Aagard lui avait déjà interdit la mer, il n'allait pas en plus la bannir de la maison de son père !

— Dans ce cas, voyagez ensemble, soupira-t-il. Pour gagner le Sussex et le Kent, vous devrez d'abord traverser le Wessex – l'antre de votre ennemi. Orgrim tient le royaume entier sous son emprise et la route passe en plein cœur de Venta Bulgarum, son bastion. Vous devrez contourner la ville. N'y entrez sous aucun prétexte ! Peut-être devrais-je venir avec vous...

— Non ! fit Edmund.

Son ton impérieux surprit Elsbeth. Sans doute ce garçon avait-il grandi entouré d'esclaves, dans une maison encore plus vaste que celle de Gilbert.

— Vous devez aller à Medwel, insista-t-il. Ils ont besoin de vous. C'est ma faute s'ils n'étaient pas préparés à l'attaque. Je ne voudrais pas en plus être responsable de votre absence.

— Vous nous feriez terriblement défaut, acquiesça Gilbert. Envoyez-les sur les traces de Cluaran si vous craignez qu'ils ne s'égarent. Il n'est pas parti depuis très longtemps. Ils le rattraperont facilement.

— Nous n'avons besoin de personne, assura Edmund.

Elsbeth en était moins convaincue. Cluaran connaissait le pays comme sa poche et ils seraient sûrement plus en sécurité avec lui. Son bras droit se remit à fourmiller, troublant le fil de ses pensées. « Fiche-moi la paix ! », ordonna-t-elle à l'épée.

— Bien, je m'incline, déclara Aagard. Cependant, vous devez me promettre de vous en remettre à Cluaran.

— Mais..., commença Edmund.

— Jurez-le-moi ! Dites-lui que je lui demande ce service au nom de celui qui ne meurt jamais. Il comprendra. S'il entend cela, il ne vous abandonnera pas.

Devant la moue de défi d'Edmund, Elsbeth explosa :

— Bon, décide-toi ! Tu veux qu'Aagard aille à Medwel, oui ou non ?

Elle se tourna vers ce dernier et ajouta solennellement :

— Aagard, nous vous le promettons.

Edmund céda et hocha la tête d'un air contrarié.

— La question est donc réglée. Je viens avec vous, Messire Gilbert.

Avant de partir, il prit les mains des enfants dans les siennes une ultime fois.

— Ne perdez pas un instant. N'oubliez pas votre parole et surtout, ne vous confiez à personne – pas même à Cluaran. Quand j'en saurai plus sur les projets d'Orgrim, je vous rejoindrai à Noviomagus ou à Dubris... à moins que Thrimgar ne se présente à ma place. Soyez prudents. Que vos dieux vous gardent.

Sur ces mots, il se mit en selle. Quelques secondes plus tard, Gilbert et son escouade galopaient vers le sud, laissant Elsbeth et Edmund seuls devant la palissade.

Côte à côte, au faîte d'une petite colline, ils contemplaient l'interminable route du nord-est. Il faisait beau ce matin-là, bien que le soleil printanier fût timide et la brise, fraîche. Le paysage qui s'étendait à leurs pieds parut peu accueillant aux yeux d'Elsbeth, accoutumés à l'océan. Sans réfléchir, elle frotta son poignet droit qui la démangeait légèrement.

— On ferait mieux de se dépêcher si on veut rattraper Cluaran.

Edmund haussa les épaules.

— Si c'est ce que tu veux, grommela-t-il. Je ne sais pas pourquoi Aagard tenait tant à nous mettre sous la protection d'un étranger qu'il ne considère même pas comme un ami.

La jeune fille, agacée, allait répliquer lorsqu'elle remarqua la détresse de son compagnon. Le voyage le rendait sans doute aussi nerveux qu'elle – sans parler de ces dons que le destin leur imposait et qu'ils devraient traîner tels des fardeaux. Ils avaient enduré tant d'épreuves ces deux derniers jours. Depuis le naufrage, tout n'avait été que mort, destruction et magie noire.

Ils descendirent avec difficulté la pente glissante jusqu'à la chaussée : un sentier, en réalité, pierreux et couvert d'ornières. Il était bordé de prés clairsemés et de quelques arbres rabougris dont les bourgeons perçaient à peine. Des empreintes, bien distinctes par endroits, indiquaient que Cluaran venait de passer par là.

« Dès mon retour à Dubris, je foncerai au port, résolut Elsbeth, heureuse d'être de nouveau en chemin. Et si ce maudit dragon continue de menacer la côte sud, alors je prendrai un bateau pour Northumbria... ou peut-être Hibernia. »

Il restait cependant deux royaumes à parcourir, ainsi que Venta Bulgarum à franchir. Chaque fois qu'Aagard avait mentionné cette cité et ses dangers, son bras s'était mis à vibrer. L'épée enchantée semblait nourrir ses propres projets, peu soucieuse des intentions de sa porteuse. Mais, après tout, Venta était une ville comme les autres et la route qui la traversait menait droit à Dubris. Elsbeth ne se laisserait pas retarder par les lubies d'une lame invisible.

Elle jeta un coup d'œil derrière elle. Edmund lambinait, fixant la sente poussiéreuse devant lui d'un air misérable. Elle soupira. Allait-il bouder de Dunmonia jusqu'au Sussex ? Si aucun des deux ne faisait le moindre effort pour sympathiser, le trajet serait d'un ennui mortel.

— Tu as dit que tu venais du Sussex ? s'enquit-elle avec un sourire.

— Ma famille vit à Noviomagus, répondit-il sèchement.

— Tu as beaucoup de frères et sœurs ?

Elle s'imaginait, avec une pointe de jalousie, un clan entier priant ardemment pour qu'il revienne sain et sauf. Sa réaction rageuse la désarçonna.

— Qu'est-ce que ça peut te faire ?

— Je pensais juste que tu avais de la chance ! Au moins, toi, tu as encore des parents qui se préoccupent de savoir si tu es mort ou vivant.

Il avança sans un mot, la bouche pincée.

— Tu refuses de discuter avec moi ? Je ne suis pas assez bien pour toi, c'est ça ? s'écria-t-elle en lui courant après. Oh, j'ai compris que tu étais le fils d'un lord, avec ta broche en argent et tes airs supérieurs.

Il s'arrêta net et afficha une mine désolée.

— Je suis fils de roi. Le bijou que tu as vu représente l'emblème de ma lignée. Il appartenait à mon père, Heored, roi de Sussex.

Elsbeth n'en revenait pas.

— Mais, mais..., bredouilla-t-elle, pourquoi t'a-t-il envoyé en Gaule ?

— Pour des raisons de sécurité. Son cousin, qui vit à Mercia, lui a écrit pour lui réclamer du secours quand ses terres furent menacées par les envahisseurs danois. Mon père est parti avec ses meilleurs hommes, abandonnant le pouvoir entre les mains de ma mère dans l'intervalle. C'était il y a plusieurs mois. Depuis, plus de nouvelles. Ensuite, les vikings ont attaqué nos rivages. Ma mère voulait que je rejoigne son frère, Aelfred, en Gaule, jusqu'à ce que le danger soit passé. Elle tenait à ce que je puisse rentrer gouverner si jamais... si jamais il ne restait personne d'autre que moi pour occuper le trône, conclut-il d'une voix basse et forcée.

— Quel accueil t'aurait réservé ton oncle ? demanda-t-elle en songeant à la maison bondée de sa tante à Dubris.

— Excellent, sans doute. Il habitait avec nous quand j'étais petit. Je l'adorais, et il me le rendait bien. Il est parti faire fortune en Gaule et n'est jamais revenu. En revanche, il a continué de nous faire parvenir des messages, où il insistait toujours pour qu'on vienne le voir, ma mère et moi. (Son visage s'assombrit.) Enfin, cela n'a plus d'importance à présent.

— Nous ferions mieux d'accélérer si tu veux être de retour à Noviomagus avant que la reine ne s'inquiète.

Edmund demeura immobile, l'expression grave.

— Elsbeth, Cluaran ne doit pas savoir qui je suis. De nombreux princes ont été enlevés par le passé, et mis à rançon. Jure-moi de ne rien révéler.

Quel étrange garçon ! Si prétentieux un instant, et si craintif le suivant. En tout cas, ce serment était le moindre des prix à payer pour profiter d'un voyage paisible.

— D'accord. Allons-y maintenant, sinon nous ne le rattraperons jamais.

La route grimpait sec. Les touffes d'ajoncs et de bruyère succédaient aux arbres. Au sommet de la côte, ils distinguèrent une silhouette brune qui marchait vers l'est. Ils hâtèrent le pas. Plusieurs fois, au fil de la journée, ils crurent s'en rapprocher pour finalement la perdre de vue et ne la retrouver qu'un bref instant, beaucoup plus tard.

Les ombres commencèrent à s'allonger. Soudain, Elsbeth saisit le poignet d'Edmund et lui fit signe d'écouter. Ils traversaient un plateau de roches et de bruyère. Au début, seul un cri d'oiseau résonnait de temps à autre. Mais, alors qu'une brise balayait le sentier dans leur direction, ils entendirent vaguement une voix masculine qui fredonnait.

— On y est presque ! s'exclama Elsbeth.

Malgré leur allure soutenue, ils n'avaient toujours pas rejoint Cluaran au crépuscule. À la nuit tombée, Edmund proposa une halte, qu'Elsbeth s'empressa d'accepter.

Un affleurement rocheux leur procura un abri. Claquant des dents, ils s'installèrent dos à dos sur l'herbe piquante, emmitouflés dans les couvertures d'Aagard. Comme il faisait trop froid pour dormir, ils grignotèrent un peu de pain en observant le ciel d'un air maussade.

Tout à coup, Edmund repéra une lueur orange et vacillante. Elsbeth leva le nez et huma la brise.

— Je sens de la fumée !

Ils bondirent et, chacun portant sa couverture, ils se dirigèrent vers le feu.

Cluaran campait à la sortie du virage suivant. Tandis qu'ils avançaient vers le cercle de lumière et de chaleur projeté par les flammes, il tira sa harpe de son étui et se mit à jouer.

Les enfants s'arrêtèrent. On aurait dit que le ménestrel s'adressait à quelqu'un. Il chantait d'une voix brisée, aux accents bouleversants. Ensuite, il récita calmement un texte, composé dans une langue mystérieuse que ni Edmund ni Elsbeth ne connaissaient. Puis, sans même se retourner, il lança :

— Pourquoi restez-vous plantés là ? La nuit est rude et il y a assez de place pour trois autour du feu.

8

Edmund, roulé en boule près du feu, écoutait la respiration régulière d'Elsbeth qui dormait à côté de lui. Le ménestrel les avait de bonne grâce invités à partager son camp, tout en s'empressant de faire savoir que cela ne se reproduirait pas.

— Nous nous séparerons demain matin. Chacun ira de son côté. Je n'ai pas le temps de garder des enfants.

— Mais...

Elsbeth n'avait pu finir sa phrase : Edmund l'avait réduite au silence d'un coup de pied dans la cheville. Lui non plus n'arrivait pas à digérer les paroles de Cluaran. Encore un mot et il partait seul dans la nuit affronter le vent glacé. « Garder des enfants ! » De quel droit les traitait-il avec un tel mépris ? Ils avaient survécu à un naufrage, au cours d'une tempête sans précédent. Edmund était capable de se servir des yeux d'un dragon, Elsbeth était porteuse d'une épée enchantée, et cet amuseur public se permettait de les congédier comme des gamins encombrants !

Derrière les flammes, un mouvement attira l'attention d'Edmund : Cluaran quittait le cercle de lumière jaune en catimini. La colère du garçon redoubla.

Avait-il déjà prévu de les abandonner ? Peu probable, puisque le ballot du ménestrel gisait toujours dans l'herbe.

Il bascula sur le dos pour contempler la lune qui se levait. Ses yeux se fermèrent enfin. Les pâles rayons de l'astre traversaient ses paupières, s'insinuant dans ses songes tourmentés par des visions de dragons, d'hommes armés et d'épée étoilée.

Il s'éveilla en sursaut et battit des cils dans la pénombre. Des bruits de pas furtifs sur le sentier l'avaient brutalement tiré du sommeil. « Tiens ! Le ménestrel est de retour », pensa-t-il. Somnolent, il laissa son attention dériver vers le marcheur. Il n'avait aucun effort à fournir pour pénétrer cet esprit étranger, cela lui paraissait naturel, d'une simplicité perfide.

En prenant conscience de ce qu'il faisait, il s'arrêta net, les joues brûlantes de honte. Mais l'espace d'un instant, il avait vu à travers les prunelles de l'autre. Ce n'était pas Cluaran ! Il se redressa brusquement. Deux intrus approchaient. Vite, il emprunta de nouveau le regard de l'inconnu, un homme. Voilà : sa vision était plus nette à présent.

Le feu de camp luisait faiblement. Devant, deux bosses – lui et Elsbeth – se découpaient sur les flammes rouges. L'homme semblait les connaître et s'attendre à les trouver là. Il se tourna pour murmurer quelque chose à son compagnon. Edmund tressaillit de surprise. Il s'agissait d'un des deux frères négociants rencontrés chez messire Gilbert : Dagobert ! Une sorte de fébrilité et d'avidité démesurée émanaient de leurs personnes. Ces visiteurs étaient source de tracas.

Prudemment, il tendit la main pour secouer Elsbeth.

— Réveille-toi, chuchota-t-il.

— Quoi ? Qu'est-ce que c'est ? bredouilla-t-elle.

— Des voleurs.

— Où est Cluaran ?

— Mystère... Essayons de nous glisser jusqu'à son sac. Il a peut-être une arme dans ses affaires. Prête ?

Elle hocha la tête. Il prit une profonde inspiration, saisit le poignet de la jeune fille et ils bondirent d'un même élan. Lorsqu'ils les virent courir autour du feu, les deux individus forcèrent l'allure en lâchant des grognements rauques. Edmund plongea sur le sac en cuir de Cluaran et l'ouvrit d'un geste sec : il contenait des habits, des peaux, divers paquets... mais rien dont ils puissent se servir pour se défendre. Le ménestrel avait disparu avec son arc. Il avait en revanche laissé derrière lui un tas de bois pour alimenter le feu. Elsbeth sortit son canif et s'empara d'une des plus grosses branches.

— Une torche ! souffla Edmund.

Elle déchira l'ourlet de sa tunique, en enveloppa le bout du bâton et le tendit au prince, qui le plongea aussitôt dans les flammes. Un nuage noir s'éleva tandis que le tissu s'embrasait.

Deux ombres imposantes se dessinaient à travers le rideau de fumée.

— Tu es certain qu'ils sont désarmés ? marmonna l'une d'elles.

— Tu l'as bien vu comme moi, idiot ! Hé, toi, le

gosse ! Passe-nous les sacs et nous ne vous ferons aucun mal.

Les doigts tremblants, Elsbeth cherchait à allumer une seconde torche quand, soudain, celle d'Edmund se mit à flamboyer. « C'est facile d'être courageux, il n'y a qu'à faire comme si ! » Il la brandit hardiment, tel un chevalier maniant sa précieuse épée. Avec un cri qui se voulait guerrier, il se précipita sur les voleurs. Ceux-ci esquissèrent d'abord un mouvement de recul. Cependant, quand ils comprirent à quel genre d'adversaire ils avaient affaire, ils éclatèrent de rire et recommencèrent à avancer. Deux longs couteaux brillaient dans leurs poings.

Edmund se jeta sur le premier et lui assena un grand coup. Alors que le brigand chancelait en l'accablant d'injures, il pivota vers l'autre, qui parvint à esquiver son attaque. Il chargea une nouvelle fois, hurlant de rage, en faisant tournoyer la torche au-dessus de son crâne. Elle atteignit enfin sa cible. L'homme beugla. Comme ce dernier se servait de sa main armée pour étouffer les flammes qui dévoraient sa manche gauche, Edmund en profita pour prolonger l'assaut... mais, tout à coup, sa torche s'éteignit.

Voyant l'opportunité, les frères foncèrent sur le garçon en poussant des grondements féroces. Edmund ne distinguait que deux pointes de dagues étincelantes dans la pénombre. Il ne lui restait que son bâton pour parer leurs attaques.

Il entendit un cri étouffé dans son dos. Du coin de l'œil, il entrevit la torche d'Elsbeth à terre, dont la fragile lueur était remplacée par une lumière éblouissante.

Les colosses s'enfuirent aussitôt avec des exclamations de terreur. Le bruit sourd de leurs pas sur le sentier continua de résonner longtemps après que l'obscurité les eut engloutis.

Elsbeth fixait l'épée enchantée, bouche bée. Le gantelet d'argent scintillant et la lame de cristal s'effaçaient peu à peu.

— Comment as-tu fait ? demanda Edmund.

— Aucune idée, dit-elle en ouvrant et fermant le poing d'un air incrédule. Elle... elle est apparue comme ça. J'aurais été incapable de m'en servir – heureusement que les voleurs ignoraient ce détail ! s'exclama-t-elle avec un petit rire nerveux.

— Tu devrais apprendre à l'utiliser convenablement. Tu en auras peut-être besoin un jour, surtout si nous encourons des dangers aussi graves qu'Aagard le prétend.

Elsbeth se contenta d'observer sa main, sans un mot.

— Debout, en train de bayer aux corneilles, je vois ! fit une voix.

Edmund sursauta. Cluaran émergea de l'ombre et les rejoignit sans se presser, l'étui de sa harpe jeté sur l'épaule. Il s'arrêta en notant que son sac était ouvert, le contenu éparpillé au sol.

— Qu'est-ce que c'est ? Pourquoi avoir fouillé dans mes affaires ?

— On a été attaqués par des voleurs, expliqua Edmund. Je cherchais une arme.

— Tu ne risquais pas d'en trouver. J'emporte toujours mon couteau et mon arc avec moi.

Il avait prononcé ces paroles d'un ton détaché,

comme s'il se souciait peu qu'ils aient dû se battre pour défendre leurs vies. Il leur fit signe de s'approcher du feu et s'assit, jambes croisées.

— Vous feriez mieux de tout me raconter.

Edmund résuma la scène aussi brièvement que possible, en laissant de côté son don de Ripente et le rôle de l'épée. Aagard l'avait mis en garde : il ne devait se fier qu'à sa camarade. Le ménestrel écouta sans faire de commentaire, lançant de temps à autre un regard sombre à Elsbeth qui se frottait machinalement le poignet.

À la fin du récit, il les fixa tour à tour avec une mine sévère.

— Vous les avez donc mis en fuite rien qu'avec une paire de torches ? s'écria-t-il, un brin moqueur.

— Je vous ai tout dit, lâcha Edmund.

— Alors, Elsbeth, insista Cluaran, tu n'es pas blessée ?

Les doigts nerveux de la jeune fille se figèrent. Edmund espéra qu'elle se tiendrait muette au sujet de l'épée.

— Non, non, fit-elle, l'air indifférent.

Cluaran contempla les flammes.

— Bien, soupira-t-il. J'ai l'impression que je vais devoir vous supporter plus longtemps que prévu. Vous habitez les royaumes de l'Est, n'est-ce pas ? Vous aurez besoin de protection si vous souhaitez traverser Dunmonia et le Wessex à pied. D'autant que vous semblez cultiver l'art de vous attirer des ennuis...

— Nous nous débrouillerons sans vous, rétorqua Edmund, lassé du mépris de leur guide – pendant une seconde, il regretta presque de ne pas avoir évoqué leurs pouvoirs. Nous nous sommes tirés d'embarras sans votre aide, ce soir, souligna-t-il.

— Vous avez eu de la chance. Voulez-vous vous en remettre à votre bonne fortune pour le restant du voyage ?

— Il a raison, acquiesça Elsbeth, malgré la moue entêtée d'Edmund. Aagard nous a fait promettre de le suivre, rappelle-toi. Et Cluaran connaît mieux la route que nous.

Le ménestrel fronça les sourcils.

— Qu'avez-vous promis à Aagard, exactement ?

— De réclamer votre protection. Au nom de celui qui ne meurt jamais.

Il se leva d'un bond. Ses prunelles jetaient des éclairs. Il leur parut soudain beaucoup plus grand. Elsbeth, impressionnée, se recroquevilla.

— Ah, oui ? Savez-vous seulement à qui il faisait allusion ? gronda-t-il. Dites-moi la vérité !

— Non, avoua-t-elle.

— Moi non plus, confia Edmund.

Son visage se radoucit. Le prince se demanda pourquoi il tenait tant à ce qu'ils n'aient pas compris le message.

— J'accepte de vous accompagner, affirma-t-il. Mais Aagard ne peut exiger davantage de moi.

9

Elsbeth quitta des yeux le lièvre qu'elle dépeçait et les leva vers le ciel gris terne. Son soupir se perdit dans la lande infinie. Son père lui avait enseigné les rudiments de la cuisine, mais elle était plus à son aise avec le poisson qu'avec la viande. Elle enviait les talents d'archer d'Edmund. Cluaran leur avait d'abord ordonné de leur trouver à manger, et puis le garçon s'était révélé si doué à l'arc que le ménestrel lui avait finalement confié la charge de chasser pour trois. Du coup, il traquait des proies pendant qu'elle préparait les repas. C'était une activité fastidieuse en comparaison. Mais, au moins, cela lui occupait les mains et lui faisait oublier pour un temps les fourmillements qui irritaient sa paume droite.

L'épée n'était plus apparue depuis trois jours. Chaque fois qu'elle sentait sur elle le regard pénétrant du ménestrel, Elsbeth se demandait s'il soupçonnait quelque chose. Il avait paru si dubitatif en écoutant leurs mensonges, l'autre soir, qu'elle le suspectait d'avoir discerné l'éclat de la lame dans l'obscurité. Dans ce cas, pourquoi ne pas l'avoir dit ? Et qui était « celui qui ne meurt jamais » ? Était-ce le surnom d'un ancien ami commun d'Aagard et de Cluaran ?

Hélas, la réserve du ménestrel ne l'invitait pas à poser ce genre de questions. Sorti des considérations liées au voyage, il se fermait comme une huître et fuyait les conversations. Malgré tout, Elsbeth ne partageait pas la méfiance profonde d'Edmund à son égard. Certes, il était peu bavard et il partait s'isoler chaque nuit sans une explication. Mais il partageait scrupuleusement ses repas et son feu et, jusqu'à présent, il les avait guidés d'un pas très sûr. Il savait toujours où tourner face à une patte-d'oie ou un dédale de roche, et où se procurer de l'eau et du bois.

Un oiseau traçait des cercles au-dessus de sa tête. Son cri strident la tira de ses pensées. Elle se força à se concentrer sur le lièvre. Si elle continuait à cette vitesse, le feu allumé par Cluaran finirait par s'éteindre avant qu'ils aient eu le temps de rôtir leur gibier.

— Du bon boulot, la complimenta-t-il en examinant la carcasse. Tu manques encore de pratique, mais tu t'amélioreras, à force.

Il lui montra comment embrocher l'animal et la laissa surveiller la cuisson tandis qu'il allait chercher du sel dans son sac. Celui-ci contenait des ustensiles divers, de la nourriture, des habits et de quoi se coucher – le tout soigneusement ordonné. À bord du bateau Elsbeth était habituée à ranger les objets à leur place précise, pourtant, elle ne cessait de s'émerveiller de la quantité de provisions qu'il avait réussi à faire tenir dans ce bout de tissu. Le voyageur avait même équipé l'étui de sa harpe de poches réservées à son arc et à ses flèches.

— On ne dort pas à la belle étoile sans prendre des

précautions, surtout ces jours-ci, déclara-t-il en suivant le regard de la jeune fille. Tu l'as appris à tes dépens ! Quelle chance que ces voleurs ne vous aient pas fait de mal...

Elle se tourna vers la broche afin de dissimuler le rouge qui montait à ses pommettes.

— Nous avions les torches. Et Edmund sait se battre.

— Il n'est pas maladroit, concéda le ménestrel.

Ce dernier revint avec une paire de lièvres en bandoulière. Cluaran annonça le souper. Ils s'installèrent en cercle et rongèrent les morceaux de viande filandreuse dans la lumière déclinante. Ils parlèrent peu. Elsbeth était épuisée après leur marche interminable et Edmund restait sur ses gardes. Toutefois, il écouta Cluaran avec intérêt lorsqu'il évoqua leur prochaine étape.

— Nous atteindrons un village avant demain soir. On me connaît là-bas. Bien que les temps soient durs, nous pouvons compter sur des lits. Et ces bestioles, conclut-il en désignant les prises d'Edmund, devraient nous assurer un bon accueil.

« Ah, demain, nous dormirons dans un lit ! songea Elsbeth. Quel bonheur, ne serait-ce que pour une nuit ! » Elle s'emmitoufla dans sa couverture et tenta de trouver une position confortable sur le sol dur.

Edmund ne cessait de s'agiter, les yeux grands ouverts. La jeune fille voulut lui demander ce qui le tourmentait, mais il lui fit signe de se taire : Cluaran s'était levé en silence. Sans leur adresser un regard, il s'enfonça dans la nuit. Elsbeth attendit qu'il soit hors de portée de voix, puis elle murmura :

— Je me demande où il va.

Edmund haussa les épaules.

— Qui sait ? Méfie-toi de ce que tu dis, il est si discret qu'on ne l'entend jamais revenir.

Elle se remémora la nuit de l'attaque, quand il avait surgi de nulle part. À bien y réfléchir, les voleurs eux-mêmes n'avaient pas fait le moindre bruit ce soir-là. Elle se redressa sur un coude et scruta le visage du prince, le front plissé.

— Dis-moi... Quand ces deux brigands nous ont attaqués, comment as-tu su que c'étaient des voleurs, et pas Cluran qui rentrait, par exemple ?

Il la fixa pendant un long moment.

— J'ai vu à travers leurs yeux, finit-il par avouer.

— Tu... tu es un Ripente ! s'exclama-t-elle.

Elle eut un mouvement de recul instinctif. On lui avait raconté tant d'histoires sordides sur ces félons doués de double vue, que les rois achetaient pour espionner leurs ennemis.

— Peut-être, mais je ne suis pas un traître ! (Il afficha un sourire amer.) C'est Aagard qui s'en est rendu compte le premier. Je me serais bien passé de ce cadeau. Un peu comme toi avec l'épée de cristal, en somme.

— Nous avons tous les deux reçu un don qui ressemble à une malédiction, admit-elle en pliant et dépliant les doigts de sa main droite.

— Sauf que ton épée nous a sauvés... Tout ce que mon pouvoir m'a apporté pour le moment, ce sont des ennuis. Tu te souviens de ce qui s'est passé avant le départ d'Aagard ?

— Oui : son vieil ennemi, Orgrim, a essayé d'utiliser tes yeux et tu as résisté.

— J'ai réussi à le repousser... momentanément. Il va revenir chercher l'épée. Et il aura d'autant moins de mal à me vaincre qu'il me connaît maintenant, souffla-t-il d'une voix à peine audible.

Ce jeune prince effrayé ne correspondait pas du tout à l'image qu'elle s'était faite des puissants et mystérieux Ripente, dont on ne lui parlait qu'en cachette depuis l'enfance. Elle voulait sincèrement le consoler, mais comment ?

— Je crois que tu as tort, lança-t-elle. Orgrim n'a plus aucune raison de te harceler. (Le regard soudain plein d'espoir d'Edmund l'encouragea.) Il se sert de son pouvoir pour épier les gens à leur insu. Or, tu es sensible à sa présence – de quelle manière pourrait-il t'espionner ? Il va forcément se rabattre sur quelqu'un d'autre... Moi, par exemple. Peut-être devrais-je m'y préparer.

— Comment ça ?

— Eh bien... pourrais-tu regarder à travers mes yeux ?

— Jamais ! s'écria-t-il.

— Réfléchis ! Aagard a appris à déceler l'intrusion d'un Ripente dans son esprit. J'y arriverai aussi, pour peu que je m'entraîne avec toi. C'est le seul moyen d'éviter qu'Orgrim nous espionne.

Des émotions contradictoires passèrent sur le visage d'Edmund, puis il finit par céder.

— D'accord... Tu es certaine ? Je peux y aller ?

Elle hocha la tête d'un air déterminé. Immobiles, face à face, ils se concentrèrent en tentant d'oublier leur appréhension.

Rien ne se passa. Le regard d'Edmund était flou, et ses traits lisses comme le marbre. Au bout d'un moment, Elsbeth se risqua à parler.

— Qu'as-tu vu ?

Il cligna des paupières et la fixa, désemparé.

— Rien du tout ! Il y a une sorte de... de voile autour de toi.

— Ça s'était déjà produit ?

— Non. Mais je ne suis encore qu'un novice. Peut-être ne suis-je pas capable d'utiliser mon pouvoir sur tout le monde.

— Dans ce cas, Orgrim non plus !

— Possible... À moins que ça ne vienne de toi ! suggéra-t-il, l'œil rieur. Tu es tellement têtue ! Ta caboche est encore plus impénétrable que le coffre enchanté.

Elle lui retourna son sourire. Pourtant, au fond d'elle-même, elle doutait. Comment une fille élevée en mer serait-elle de taille à se défendre contre des sorciers ? Non, le manque d'expérience d'Edmund était sûrement la cause de leur échec. Orgrim, lui, perfectionnait son art depuis des années. S'il la prenait pour cible, elle craignait de lui dévoiler tous ses secrets, ainsi que ceux d'Edmund, sans jamais soupçonner cette présence à l'intérieur de sa tête.

Quand ils se réveillèrent, Cluaran était déjà debout et d'excellente humeur.

— Nous avons intérêt à partir sans tarder si nous

voulons atteindre Akeham avant la tombée de la nuit, leur dit-il tandis que chacun roulait sa couverture.

Cette journée de voyage fut en tout point semblable à la précédente. Ils empruntèrent un sentier sinueux à travers une vaste plaine couverte de bruyère, de fougère et jonchée de rochers. Le ménestrel marchait devant à grandes foulées ; il fredonnait ou chantait à l'occasion, mais ne se donnait jamais la peine de bavarder. Il se contentait de tourner la tête de temps à autre pour vérifier que les adolescents le suivaient toujours. Ceux-ci avançaient côte à côte, en bonne entente, en s'efforçant de ne pas se laisser trop distancer. À la fin de la matinée, la jeune fille était hors d'haleine.

Puis le chemin descendit en pente raide vers des champs et des terres boisées. Au crépuscule, ils tombèrent sur un ruisseau, qu'ils longèrent jusqu'à un groupe d'habitations plongé dans l'ombre gigantesque d'un chêne. Le hameau était plus petit que Medwel, et les villageois vivaient dans des huttes de chaume rudimentaires. L'épouse du chef, une femme maigre et renfrognée, trayait sa vache à leur arrivée. Elle reconnut aussitôt Cluaran mais cette surprise, loin de lui rendre le sourire, l'assombrit davantage. Comme le ménestrel l'avait prédit, elle se dérida cependant à la vue des lièvres et accepta d'accueillir les visiteurs sous le toit de son mari.

Elle alla parquer sa bête derrière la maison, puis elle invita le ménestrel et les adolescents à passer le seuil de sa chaumière. Une fois à l'intérieur, elle demanda à Cluaran de l'aider à soulever les planches d'une trappe au milieu de la pièce.

— Sortez-moi le premier sac, ordonna-t-elle.

Il s'allongea par terre et enfonça le bras jusqu'à l'épaule. Elsbeth en conclut que les provisions devaient commencer à s'épuiser. Il finit par attraper un sac à moitié vide, dans lequel la femme puisa deux poignées de haricots secs. Elle vérifia la quantité d'un œil expert et les versa dans sa marmite.

Son mari – un blond dégingandé et efflanqué, dont les yeux bleus étaient aussi clairs qu'un ciel d'aurore – revint au moment où Edmund et Elsbeth replaçaient les dernières planches. Il portait une longue tunique en laine épaisse. Cluaran paraissait petit et miteux en comparaison, avec ses vêtements rapiécés et tachés. Pourtant, le chef du village semblait nerveux en sa compagnie. Il fit beaucoup de cérémonies, insistant pour lui donner le meilleur siège, près du feu. Il n'y avait pas de tabourets pour les adolescents qui durent se contenter du plancher, au-dessus de la réserve de nourriture, à l'écart des adultes. Cela ne dérangea pas Elsbeth. Elle était trop fatiguée pour discuter, de toute façon. En plus, le contact des lattes rugueuses lui offrit un certain réconfort dans cette hutte exiguë ; elles lui rappelaient son ancienne vie à bord de l'*Alcyon*.

Elle partageait une galette d'avoine avec Edmund, indifférente au bourdonnement de la discussion, quand Cluaran leva soudain la main et réclama le silence. Il faisait presque nuit. Son visage émacié devint soudain inquiétant à la lueur des flammes.

— Écoutez !

Du dehors leur parvint l'écho d'un trottinement rapide et régulier, de plus en plus distinct. Edmund pâlit.

— Des chevaux, murmura-t-il.

Cluaran bondit. Après quelques paroles brusques destinées à leurs hôtes, il tira Edmund par le bras tandis qu'Elsbeth, alarmée, se dressait prestement.

— Restez debout contre le mur !

Il se mit à arracher les planches une à une, bientôt secondé par le maître de maison. Un trou sombre et profond apparut.

— Là-dedans, vous deux !

Comme Edmund allait protester, il lâcha :

— Pas le temps de discuter ! Personne ne doit vous trouver ici.

Le martèlement des sabots se rapprochait. Elsbeth scruta la fosse, hésitant à se lancer.

— Bon sang, dépêche-toi ! la supplia le chef.

Sa femme se tordait les mains derrière lui.

— Quel malheur avez-vous attiré sur nous ? se lamentait-elle. Ils vont tous nous tuer !

Malgré sa terreur, Elsbeth se décida enfin à sauter. Elle atterrit sur un tas de foin. Edmund la rejoignit si vite qu'elle soupçonna Cluaran de l'avoir poussé. Le visage de ce dernier se découpa dans le carré de lumière au-dessus d'eux.

— Pas un bruit ! Je reviendrai vous chercher dès qu'ils seront partis.

Ils entendirent les planches racler contre le sol pendant que les hommes les remettaient en place. Ensuite, ce fut le noir total. La jeune fille se recroquevilla sur la meule piquante, attentive au moindre son. Elle distinguait une plainte aiguë – la voix de la femme –, un marmonnement confus – le mari –, ainsi que des intonations autoritaires et tranchantes qu'elle attribua à Cluaran.

— Dites-leur que Cluaran, le ménestrel, était votre seul visiteur et qu'il vous a quittés avant la tombée de la nuit pour faire route vers le sud. Avec un peu de chance, ils me traqueront...

La porte massive grinça et se referma lourdement.

Il faisait froid dans la réserve. Elsbeth se serra contre Edmund. Elle s'habitua peu à peu à l'obscurité et finit par discerner des murs de terre friable, le foin frais avec le sac à provisions à son sommet, et un mince rai de lumière entre les planches. Le bruit des sabots cessa subitement. On frappa à la porte. Elsbeth laissa échapper un petit cri et sentit la main d'Edmund prendre la sienne – sans qu'elle sût s'il voulait la réconforter ou se rassurer lui-même.

Une voix masculine formula sèchement une question, à laquelle succédèrent des réponses courtes et réservées. Toutefois, aucun mot ne filtra à travers le plancher. Des pas pesants résonnaient à présent au-dessus de leurs têtes : l'homme à la voix sévère venait d'entrer dans la demeure.

— Un vieil homme, Aagard de son nom. Grand, avec des cheveux blancs. Est-il passé par ici ?

— Aagard le guérisseur ? fit le chef, sincèrement étonné. Il vit à des lieues d'ici, sur la côte. On raconte qu'il ne quitte presque jamais sa grotte. Que lui voulez-vous ?

— Mêlez-vous de vos affaires ! Donnez-nous plutôt à manger. Peut-être ce ménestrel pourra-t-il nous en dire plus.

D'autres bottes heurtèrent alors le sol de la hutte.

Elsbeth se figea. Que se passerait-il si ces brutes les trouvaient ? Heureusement, pour l'instant, leur repas semblait les préoccuper davantage que leur mission.

— Seulement du lait ? Bah ! Donne-nous de la cervoise, femme !

Glacée, tout engourdie, Elsbeth n'osait même pas battre des cils tant elle craignait de trahir leur présence.

Après avoir critiqué le repas et vanté les qualités de leurs montures, les hommes changèrent de sujet.

— On a fouillé la grotte de fond en comble en vain. Ni vieillard ni épée. Juste le coffre vide. Notre Lord ne va pas être content.

— On a ratissé la côte sur trois lieues, pourtant. L'aurait-on manqué à Medwel ?

— Hé ! Où se serait-il caché ? Il reste à peine une cabane debout. Tu les as vus détaler ?

Tandis qu'ils s'esclaffaient, Elsbeth fixa avec horreur sa main droite. C'était à cause de l'épée que ces monstres avaient massacré les habitants de Medwel et qu'ils voulaient tuer Aagard ! Elle sentit Edmund trembler, de peur sans doute – ou de rage.

Le capitaine donna enfin l'ordre de départ. Un grand fracas s'éleva ; les tabourets crissèrent, les bottes martelèrent les planches et quelques secondes plus tard, les sabots résonnèrent à nouveau.

Pétrifiée, elle continua de presser la main de son ami. Ils attendirent ainsi, suffoquant dans l'obscurité et l'odeur forte du foin.

10

Edmund rêvait de la Gaule. L'*Alcyon* venait d'accoster. Des hommes et des femmes s'étaient pressés sur toute la longueur du port pour l'accueillir. Bouillant d'impatience, il chercha un visage familier dans la foule : oncle Aelfred ! Il dépassait tous les badauds d'une tête et agitait la main avec ce sourire taquin qu'Edmund lui connaissait bien. Ils ne s'étaient pas vus depuis cinq ans. Entre-temps, Aelfred avait fait fortune, comme il l'avait promis. Derrière lui trépignaient les six chevaux noirs qu'il s'était juré d'acheter dès qu'il en aurait eu les moyens. Une broche d'argent en forme d'oiseau – la même qu'Edmund – fermait le col de sa cape de velours. Le roi Heored la lui avait offerte en remerciement des loyaux services qu'il avait rendus à sa famille durant ses nombreuses absences.

Mais bientôt, la scène se gâta. Le visage souriant d'Aelfred se noya dans la marée humaine qui noircissait le quai. Le ciel s'assombrit et le port disparut derrière des vagues d'une hauteur inouïe. Edmund se trouvait de nouveau au centre de la tempête, traqué par une créature gigantesque, les tympans déchirés par les gémissements de la charpente du bateau et les hurlements de terreur de l'équipage.

Il fut réveillé en sursaut par des éclats de voix. Somnolent, perdu dans le noir complet, il tarda à comprendre la situation. Puis tout lui revint – le village de huttes, la cache à provisions, les hommes hilares qui se vantaient de leurs massacres. Son cœur se mit à battre à grands coups et il se concentra pour écouter la conversation.

— Je t'avais bien dit qu'il ne fallait pas faire confiance au volé ! glapit la femme du chef.

Que voulait-elle dire par là ? Il ne résista pas à l'envie de regarder à travers ses yeux : la lumière du jour se déversait par la porte ouverte et le chef était rouge de colère. Il n'y avait personne d'autre dans la pièce.

Edmund tendit la main et secoua Elsbeth.

— Les cavaliers sont partis. On peut y aller. Viens !

Ils se levèrent péniblement sur leurs jambes raides et tentèrent de soulever les planches de la réserve, mais elles étaient beaucoup trop hautes pour eux.

— Hé ! Laissez-nous sortir ! se mirent-ils à crier.

Les lattes furent retirées sans ménagement. Le soleil les éblouit puis Cluaran apparut, l'expression fort contrariée.

— Cluaran ! s'exclama Edmund, surpris. Mais vous n'étiez... (Il se tut juste à temps – ces mots avaient bien failli le trahir.) Je ne vous avais pas entendu, se corrigea-t-il.

— Ah, bon ? Tu te rends compte que tu pourrais être enchaîné à l'heure qu'il est ! le gronda Cluaran d'une voix glaciale. Tu braillais plus fort que le coq du village ! Je peux détourner l'attention de tes ennemis, mais pas te protéger de ta propre bêtise !

Il se pencha pour les hisser hors du trou. Edmund accepta sa main tendue, les joues en feu. Leurs hôtes les observaient de biais, pressés l'un contre l'autre, comme s'ils avaient aussi peur du ménestrel et de ses jeunes compagnons que des cavaliers d'Orgrim.

— On reprend la route, déclara Cluaran.

Le chef ne put dissimuler son soulagement.

— Que les dieux vous gardent, marmonna-t-il en leur jetant un dernier coup d'œil furtif, tandis que sa femme, les lèvres pincées, les regardait partir sans leur accorder un adieu.

Cluaran les fit marcher à un rythme très soutenu toute la matinée. Il ne s'arrêta même pas pour déjeuner ; il tira seulement une miche de pain de son sac et leur proposa des morceaux de temps à autre au cours du trajet.

Edmund et Elsbeth traînaient délibérément les pieds afin de bavarder un peu.

— Tu as entendu ce qu'ils ont dit hier soir ? murmura-t-il. À propos du coffre ?

— Oui, tout est la faute de cette fichue épée, grommela-t-elle. C'est à cause d'elle qu'ils traquent Aagard. Quand je pense à ces pauvres gens de Medwel...

Edmund chassa de son esprit les visions atroces du hameau incendié. Il ne pouvait plus rien pour ses habitants – plus maintenant.

— Est-ce que ça signifie que nous sommes recherchés, d'après toi ?

— Ils n'ont pas parlé de nous. Comment sauraient-ils que je possède l'épée ?

— Ils l'ignorent encore. Mais Orgrim n'a pas besoin de ses soldats pour nous débusquer. Dès qu'il saura où la trouver, il nous enverra ses hommes.

— Alors tu crois qu'il peut utiliser son pouvoir sur moi, finalement ?

— Non... Je suis d'accord avec Aagard : je pense que l'épée te protège, d'une certaine manière. De là à te préserver de tout danger...

— Comment ça ?

Le garçon hésita. Il regrettait à présent de ne pas s'être mieux renseigné auprès d'Aagard quand il en avait l'occasion. Une foule de questions le taraudait. Quand Orgrim se déciderait-il à le tourmenter de nouveau ? Existait-il un lien entre les Ripente ? Quelles étaient leurs relations ?

Pendant toute son enfance, il avait dû supporter l'absence de son père, sans cesse parti en campagne. Sa mère, Branwen, l'avait éduqué seule. La reine lui avait appris à se comporter en bon prince et en futur maître du château. Son oncle, Aelfred, était resté quelque temps pour lui dispenser ses premières leçons dans le maniement de l'épée, entre autres disciplines. Le garçon se réjouissait des attentions de son oncle. Il avait peu d'amis et, malgré leur différence d'âge, Aelfred comprenait ses émotions mieux que personne. Il savait dissiper ses cauchemars par des récits fantastiques, et ses angoisses par des plaisanteries. Mais il l'avait abandonné à son tour afin de poursuivre son rêve gaulois.

Un terrible doute lui vint à l'esprit : un Ripente

pouvait-il devenir roi ? Serait-il obligé de garder le secret pour conserver son héritage ? Et surtout, risquait-il de mettre son pays en danger ?

Elsbeth attendait sa réponse d'un air inquiet.

— Tu serais plus en sécurité sans moi, Elsbeth.

— Non. Nous devons rester ensemble. Nous séparer ne nous mettrait ni l'un ni l'autre à l'abri d'Orgrim. Qui sait, l'enchantement va peut-être disparaître ? L'épée trouvera sans doute une autre main quand elle saura à quel point la mienne est mal exercée !

Elle afficha un sourire triste, puis montra le dos flou de Cluaran au loin.

— Et puis, si tu me quittes, avec qui vais-je discuter ? Je pourrais bien oublier à quoi sert ma langue...

Cluaran ralentit enfin l'allure en milieu d'après-midi. Le paysage était plus vert à présent, égayé par les signes d'un printemps précoce. Le ménestrel marqua une halte à l'orée d'un bois et attendit que les deux adolescents le rattrapent.

— Où nous emmenez-vous ? s'enquit Edmund. Messire Gilbert nous avait dit que vous alliez vers l'est, à Wareham.

— Mes projets ont changé. Nous marchons vers le nord, en direction de Glastening. J'ai à faire là-bas.

— Il y a une église à Glastening, n'est-ce pas ? fit Elsbeth. Mon père m'en a parlé une fois...

La phrase mourut dans sa gorge et un voile de douleur assombrit ses prunelles.

Ils longèrent un ruisseau qui coulait entre des bosquets de chênes et de hêtres en bourgeons. L'humeur de Cluaran changea peu à peu. Il se mit à fredonner une mélodie légère, comme si cet environnement le revigorait.

— Nous avons bien progressé, dit-il en s'arrêtant dans une trouée entre les arbres. Reposons-nous ici un moment.

Stupéfait, Edmund découvrit un petit lac. Son eau, parfaitement lisse et limpide, était d'un vert tendre. Des branches, recourbées en fer à cheval, traînaient sur la surface miroitante, striées par des rayons pâles. En dehors du vol de quelques libellules, tout était immobile et calme.

Ils s'installèrent sur la rive. Elsbeth soupira et s'allongea, en appui sur les coudes. Quant à Edmund, il se sentit de plus en plus détendu au fil des minutes passées dans cet endroit paisible.

— Nous sommes à la frontière du Wessex, leur expliqua Cluaran. Nous ne pénétrerons pas dans le royaume. Il nous faudra redoubler de prudence à partir de maintenant.

Edmund examina le ménestrel avec un regain de méfiance. D'où tenait-il que les cavaliers les recherchaient, Elsbeth et lui ? Il les avait cachés au village comme s'il savait depuis le départ qu'ils étaient en danger. Il ne craignait pas pour lui, à l'évidence, sinon il se serait mis à l'abri avec eux.

— Qui étaient ces hommes hier soir, Cluaran ? demanda soudain Elsbeth.

Elle formula les pensées du prince avec une telle précision qu'il en sursauta. Le ménestrel fronça les sourcils.

— Des hommes du Wessex. On les appelle les Gardiens du Royaume. Ils prétendent agir au nom du roi, mais en réalité, ils sont à la solde d'un seigneur de la cour de Beotrich, un membre du Conseil.

— Orgrim ! souffla Edmund.

Cluaran lui jeta un regard en coin. Ses yeux plissés disparurent entre ses arcades et ses pommettes saillantes.

— Aagard vous en a dévoilé plus que je ne croyais... Orgrim est aussi ambitieux que rusé. Par ailleurs, il a les faveurs du roi. Il a créé les Gardiens du Royaume avec son accord, en le persuadant que les temps étaient devenus si troublés qu'une force armée supplémentaire était nécessaire. Le rond d'argent sur leur bouclier est bien connu de la population du Wessex. Connu et redouté.

— Pourtant, nous n'étions pas encore entrés dans le Wessex hier, signala Elsbeth.

— Orgrim est opiniâtre et il a le bras long.

Edmund réprima un frisson.

— Mais que veut-il, exactement ?

— Le pouvoir. Celui dont il dispose aujourd'hui ne lui suffit plus. Sa soif de grandeur dépasse l'imagination. (Cluaran fixa le lac quelques secondes, impassible.) Si ses soldats se permettent de franchir les frontières, il doit être proche du but qu'il s'est fixé. Aagard s'est promis de l'arrêter. Et pour des motifs personnels, j'ai prononcé le même serment.

— Pouvons-nous pour autant vous faire confiance ? le défia le prince.

Cluaran haussa un sourcil.

— Me faire confiance ? Je ne vous en demande pas

tant ! Figurez-vous que je poursuis mes propres objectifs, qui sont sans rapport avec les vôtres. (Il arbora un sourire forcé et Elsbeth décela de la confusion, et même de la peur, dans son expression faussement détachée.) Aagard m'impose d'être votre guide et protecteur. Je m'engage donc à vous tenir à l'écart d'Orgrim aussi longtemps que vous ne vous jetterez pas dans la gueule du loup. Voilà tout.

Edmund s'apprêtait à répliquer, quand il se ravisa brusquement et se raidit. Un changement infime dans l'atmosphère alertait ses sens. Quelqu'un les épiait-il ? Pourtant, il n'entendait aucun bruit, à part la voix tranquille du ménestrel et le léger clapotis du lac. Il promena son œil de Ripente alentour – ce qui lui était de plus en plus aisé, malgré une sensation de gêne persistante. Personne. Cependant...

Sans crier gare, l'intrus se glissa de nouveau dans sa tête. La panique gagna Edmund. Il reconnut immédiatement ce brouillard pestilentiel, froid comme l'acier, qui s'étendait jusque dans les recoins de sa conscience.

Il se rappela la recommandation d'Aagard : « Essaie de lui fermer ton esprit ! » Il s'efforça de localiser la faille et y parvint bien plus vite que la fois précédente. Une nappe noire l'encercla jusqu'à ce qu'il réussisse à ressouder les bords béants de son esprit. Il y eut une explosion de rage, puis plus rien.

Tremblant, Edmund rouvrit les yeux. Ses compagnons l'observaient – Elsbeth d'un air soucieux, et Cluaran avec curiosité. Mais une cavalcade lointaine les priva pour l'instant d'une explication. « Trop tard, pensa-t-il, terrifié. Ils sont de retour. »

— Ce ne sont pas les Gardiens, affirma tranquillement Cluaran. Mauvaise direction. Cependant...

Il désigna les bosquets denses et ramassa une branche morte pour effacer leurs empreintes sur la rive boueuse. Les jambes flageolantes, les deux compagnons filèrent vers les arbres en emportant les affaires avec eux.

Cluaran les guida au plus profond des sous-bois, se faufilant entre les broussailles avec aisance tandis que des rameaux giflaient Edmund et Elsbeth à chaque pas. Ils s'enfoncèrent l'un après l'autre dans un fourré de ronces. Les épines déchiraient leur peau et leurs vêtements, mais le garçon n'y prêta aucune attention. Les cavaliers se rapprochaient ; le fracas des sabots couvrait les battements sourds de son cœur.

Puis les chevaux ralentirent et foulèrent un sol tendre. Edmund supposa qu'ils s'étaient arrêtés de l'autre côté du lac. Une voix lança un ordre d'un ton bourru et il entendit plusieurs hommes descendre de selle.

— Parfait, nous n'irons pas plus loin. Laissez les chevaux s'abreuver et remplissez vos outres.

— Pourquoi on ne continue pas, chef ?

— Nous avons déjà passé la frontière. Les Gardiens pourraient aller plus loin, mais pas nous. Notre devoir est au Wessex.

Un clapotement indiqua que les chevaux étaient entrés dans l'eau. Pendant ce temps, deux individus s'aventurèrent dans les bois.

— Je n'arrive pas à croire qu'on nous envoie jusqu'ici pour courir après un vieillard ! Qu'est-ce qu'il a fait, à ton avis ?

— Oh, il n'aura pas réglé son tribut aux Gardiens, à coup sûr. Ou il aura regardé de travers Lord Org...

Son camarade le fit taire. Un troisième homme les rejoignit.

— Un problème avec les ordres, Tib ?

— Non, chef !

— Tant mieux. Je ne tolérerai pas la moindre impertinence. On ne discute pas les consignes du roi Beotrich et de son Conseil.

Tandis que Tib balbutiait une excuse, de nouveaux bruits de sabots retentirent, plus marqués que les précédents. Edmund en eut la chair de poule. Le soldat étouffa un cri et un vent de panique sembla souffler sur la troupe.

— Cathbar ?

Les intonations du nouveau venu n'étaient pas étrangères à l'oreille d'Edmund – et son aura glaciale lui était encore plus familière. Il reconnut sans l'ombre d'un doute cette volonté farouche et malveillante qui avait tenté d'étouffer la sienne à deux reprises. Orgrim.

Soudain, il sentit deux espèces de tentacules gratter aux portes de son esprit. Pris de frénésie, il appuya son visage contre la terre, ferma fort les paupières et jeta les bras au-dessus de sa tête. Aussi immobile qu'un renard tapi et encerclé par une meute en furie, il se mura en lui-même avec l'énergie du désespoir.

— J'ai de nouvelles instructions à te transmettre, Cathbar. Notre homme n'est pas seul. Il est accompagné d'un garçon pâle, blond, aux yeux bleus, et de faible stature. Il est plus vigoureux qu'il n'y paraît, cependant. Il y a aussi une jeune fille, un peu plus grande, brune, aux yeux couleur miel. Méfiez-vous d'elle également. Il pourrait s'agir d'une sorcière.

La réponse sourde de Cathbar ne parvint pas jusqu'à Edmund.

— Ils sont très proches, poursuivit le sorcier. Ta mission consiste à les livrer aux Gardiens dans les meilleurs délais. Je souhaite interroger ces traîtres moi-même. Ai-je été clair ?

Le capitaine donna son assentiment en marmonnant.

— Tant que j'y suis, Cathbar... Je dois m'assurer d'un point. Il me semble que, par le passé, tu nourrissais une certaine sympathie pour le vieillard, et même de l'affection - je me trompe ? Sache qu'il a trahi le roi. Il est inutile que je te rappelle les peines encourues par les complices des félons.

Cathbar resta muet. Ses soldats se mirent au garde-à-vous, puis le Ripente repartit au galop. Des claquements d'ailes se joignaient au fracas des sabots. Edmund leva les yeux et vit un immense oiseau noir monter en flèche dans le ciel.

Un silence pesant suivit la scène.

— J'ai l'impression que nous allons rester ici plus longtemps que prévu, soupira Cathbar.

Sans attendre, il distribua des ordres, envoyant des groupes surveiller les routes, d'autres battre les abords du bois. Ne songeant qu'à fuir, Edmund se tourna vers Cluaran qui marmonnait des paroles incompréhensibles entre ses dents. Il fit signe au ménestrel de se taire. Cherchait-il à attirer les soldats ?

L'air se rafraîchit subitement. Des nuages de poussière se formèrent, rasant le sol autour d'eux. Un vent violent se leva. Les buissons s'inclinèrent vers le lac et les arbres se mirent à agiter leurs branches. Sous des tourbillons de feuilles, les chevaux trépignaient nerveusement au bord du lac. Un homme tentait de calmer sa monture, tandis qu'un autre hurlait, aveuglé par la poussière. Le vacarme s'accentua à mesure que les rafales s'intensifiaient, soulevant des brindilles à hauteur de visage.

Profitant de la diversion, Edmund, Elsbeth et Cluaran se dégagèrent du fourré et s'enfuirent dans la forêt.

La voix du capitaine retentit derrière eux.

— J'ai dit : arrêtez de bouger, bande d'idiots !

Ils se frayèrent un passage entre les arbres sans se soucier des épines et des branches qui leur cinglaient le front. Puis les cris s'éteignirent. Le vent faiblit et la pluie fit son apparition. Ils atteignirent une partie de la forêt plus clairsemée et accélérèrent leur course, pendant que l'orage grondait et se déchaînait au-dessus de leurs têtes.

Ils ne s'autorisèrent une halte que tard dans la nuit. La peur avait donné à Elsbeth et à Edmund l'énergie de rester debout. Quant à Cluaran, il semblait capable de retrouver son chemin même dans un noir d'encre. Mais lorsque, épuisés, les adolescents avaient commencé à trébucher sur chaque racine, il s'était décidé à chercher un endroit où s'arrêter. Ils trouvèrent refuge dans le creux d'un if géant, dont le feuillage épais les abriterait jusqu'à la fin de la tempête.

Soulagée, Elsbeth se laissa choir sur le tapis d'aiguilles. Elle était certaine qu'Edmund avait reconnu la voix hautaine du cavalier. Au moment où il s'était raidi, l'épée s'était mise à palpiter dans sa main avec insistance. Au moment où le corbeau avait surgi, le gantelet avait menacé de se matérialiser et un vague scintillement était apparu entre les ronces. Que signifiait tout cela ?

— Où va-t-on maintenant ? demanda-t-elle au ménestrel.

— Je vous l'ai déjà dit, répondit-il en se couchant sur le sol détrempé. À Glastening. Nous sommes dans le Wessex à présent. Le danger rôde partout. Sur la route, nous risquons de croiser des soldats. Loin de la grand-route, nous pourrions être soupçonnés de vol et pendus. Cependant, Glastening n'est pas une cité plus redoutable qu'une autre, et la cause qui m'y conduit ne souffrira aucun retard.

11

Les voyageurs s'arrêtèrent à l'orée de la forêt et contemplèrent les habitations en contrebas. Elsbeth n'avait encore jamais vu une ville de la taille de Glastening. Des terres cultivées bordaient des maisons en bois bien entretenues. Au centre se dressait une église en pierre, avec des étals de marché alignés sur le parvis. Elle avait hâte de flâner dans la cité maintenant. D'autant que, parmi la foule, ils risquaient moins de se faire remarquer que dans la demeure du baron ou dans le hameau où ils venaient de passer la nuit.

Cluaran avait tout prévu. Il les laissa seuls quelque temps à l'ombre des arbres, puis il revint avec un ballot sous le bras.

— Ceux-ci devraient t'aller, dit-il à Elsbeth en lui tendant une tunique et des jambières en laine. Puisque les Gardiens recherchent un garçon et une fille, nous allons te déguiser – ils n'y verront que du feu. Il va falloir te couper les cheveux, ajouta-t-il en tirant de sa ceinture un couteau, ainsi qu'une petite fiole noire. Edmund, voilà pour toi. C'est du jus de noix. Rappelle-toi : les soldats sont aux trousses d'un gamin pâle et blond. Eh bien, à partir d'aujourd'hui, tu es brun.

Quoique mal à l'aise dans ses habits masculins, Elsbeth ne manquait pas d'allure. Elle descendit la colline avec un air fanfaron, pour le plus grand plaisir d'Edmund. Après plusieurs jours de voyage, elle parvenait enfin à lui arracher un sourire ! La teinture de noix, qui donnait à sa peau et à ses cheveux la couleur de la tourbe, rehaussait l'éclat de ses yeux clairs.

— Tu ressembles à un marchand ambulant ! s'esclaffa-t-elle. Que penseraient tes parents s'ils te voyaient ainsi ?

— Oh, mon père me renierait ! soupira-t-il avec une mine comique.

Ils cessèrent leurs pitreries lorsque Cluaran, loin devant comme à son habitude, se retourna.

— Tant que nous demeurerons à Glastening, vous serez tous les deux mes apprentis, leur dit-il. Nous allons rester un jour ou deux, alors suivez bien mes instructions. Je vais tâcher de nous obtenir des chevaux. Le chemin est encore long avant Venta Bulgarum.

— Venta ? s'exclama Elsbeth. Mais c'est là que vit Orgrim.

— Évidemment, il n'est pas question que vous m'y accompagniez. Je vous indiquerai un endroit où vous cacher pendant que je vaquerai à mes occupations.

Les rues bondées de Glastening étaient intimidantes au sortir des landes silencieuses. Elsbeth ouvrit des yeux ronds devant le clocher de l'église qui dominait la place du marché. Des moines, en robes de bure et portant la tonsure, se frayaient un chemin parmi la foule grouillante. Ils s'arrêtaient à l'occasion pour échanger un mot avec un vendeur en pourpoint de cuir, puis avec une passante vêtue d'une belle tunique de couleur vive. Elsbeth était si occupée à admirer le collier d'ambre de cette dernière qu'elle heurta un garçon titubant sous un énorme panier d'osier. Des piaillements aigus s'en échappèrent et, tandis qu'elle esquivait le nuage de plumes qui fondait sur elle, elle manqua de peu de tomber sous la roue d'une charrette. Cluaran l'aida à se relever en la foudroyant du regard.

La cloche sonna soudain à toute volée. Presque aussitôt, le vacarme cessa et la foule se dispersa. Les moines se dirigèrent vers l'église, suivis d'une partie des fidèles. Quelques instants plus tard, des voix masculines entonnèrent un chant derrière les murs de pierre. Les yeux d'Elsbeth s'emplirent de larmes.

— Les vêpres, murmura-t-elle.

Elle se rappela ces nuits, entre deux traversées, où son père l'emmenait prier Dieu de leur accorder un temps clément. Sans réfléchir, elle se rua vers les grandes portes de l'édifice et se glissa parmi les ombres et les reflets des cierges allumés.

Le soleil déclinait et le marché était en train de fermer lorsque la messe prit fin. Edmund avait suivi Elsbeth et s'était installé à côté d'elle sur un banc, au fond de la nef. Il n'avait presque rien compris des paroles latines et avait trouvé l'obscurité oppressante. Cependant, après leur promenade dans les rues animées, sous la garde vigilante de Cluaran, l'église offrait un répit agréable. Du coin de l'œil, il avait étudié les gestes de sa camarade. Elle avait participé à toutes les prières et chanté en chœur avec les moines. À l'évidence, elle connaissait aussi bien les rites chrétiens qu'il maîtrisait les rituels de sa mère.

Cluaran les retrouva à la sortie, en compagnie d'un moine d'aspect robuste.

— Je vous présente le frère Anselm, qui est responsable de l'approvisionnement et des repas de sa communauté. Anselm, voici les deux apprentis dont je t'ai parlé. Ils sont un peu lents, mais tu peux compter sur leur bonne volonté.

— Au moins, ce sont de bons chrétiens à ce que je vois ! Restez donc souper avec nous ce soir. Le père supérieur aime tant que tu nous déclames la vie des saints, Cluaran. Tu es si doué pour les chants sacrés qu'on a peine à croire que tu ne sois pas un adepte du Dieu véritable.

Cluaran secoua la tête, un demi-sourire aux lèvres.

— Et tes gamins ? Ont-ils une bonne voix ?

— Non, hélas. La musique n'est pas leur fort. En revanche, ils pourront aider à la cuisine et au service, à condition que quelqu'un leur explique ce qu'ils doivent faire. Elis, dit-il en désignant Elsbeth, est simplet ; il ne parle pas beaucoup. (Il lui jeta un regard aussi explicite que dissuasif.) En revanche, il sait cuisiner. Tu pourras lui confier la broche, par exemple. Le deuxième, Ned, malgré son physique chétif, peut fendre des bûches et rouler les tonneaux.

Edmund hésita à protester, mais le ménestrel avait déjà tourné les talons, les laissant seuls avec le frère Anselm. L'expression indignée d'Elsbeth devait refléter la sienne. Néanmoins, elle haussa les épaules et l'incita d'un geste discret à garder le silence.

Le moine les conduisit jusqu'à un groupe de bâtiments situé derrière l'église et les fit entrer dans une petite maison en pierre qui abritait les cuisines. Des jambons et des chapelets d'oignons pendaient aux poutres noircies. Il leur ordonna d'émincer des légumes sur un billot tandis qu'il décrochait son tisonnier et son soufflet pour ranimer le feu.

— Cluaran nous prendrait-il pour ses esclaves ? bougonna Edmund.

Elsbeth tranchait sauvagement une carotte.

— Il voulait juste se débarrasser de nous... Moi, simplet ! Je t'en ficherai !

Elle fendit un navet d'un coup de hachoir pendant qu'Edmund se vengeait sur une botte d'oignons blancs. En relevant ses yeux irrités par les effluves, il découvrit un large sourire sur le visage de son amie. Que manigançait-elle ?

Le réfectoire était une immense salle rectangulaire. Avec le cortège des moines, des novices et des invités, il y fit bientôt plus chaud que dans un four. Edmund et Elsbeth couraient ici et là, portant tantôt des pichets de cervoise, tantôt des miches de pain à chacune des quatre longues tables, tandis que le frère Anselm et ses novices servaient la soupe et la viande. Assis entre un pèlerin d'un âge canonique et un marchand bouffi d'orgueil qui exhibait sa chaîne en or à tout bout de champ, Cluaran les ignorait superbement.

Edmund était parti tirer de la cervoise au fût quand il croisa Elsbeth, de retour des cuisines avec un plateau chargé de petits pains. Elle les posa à intervalles réguliers à la table des invités, qui continuèrent de bavarder et de manger sans lui prêter la moindre attention. Lorsqu'elle s'approcha de Cluaran, elle perdit subitement l'équilibre. Le plateau bascula et les pains dégringolèrent en vrac. Une miche atterrit dans la soupe de Cluaran, une autre sur ses genoux. Le ménestrel resta droit et imperturbable, les yeux baissés, alors qu'Edmund toussait, partagé entre l'envie de rire et la crainte qu'Elsbeth n'attire l'attention sur eux. Heureusement, personne ne releva sa bêtise. En repassant à côté de lui, elle lui adressa un clin d'œil malicieux qui semblait signifier : « Tu vois : les serviteurs sont invisibles ! » Lui qui avait grandi à la cour était bien placé pour le savoir. Cluaran avait choisi leurs couvertures à la perfection, finalement.

— Vous avez assez travaillé pour ce soir, leur dit frère Anselm. Allez dîner à la cuisine.

Une fois que tous les convives furent rassasiés, Cluaran interpréta la vie de saint Erkenwald. Assis sur un gros tas de joncs devant la porte du réfectoire, Edmund l'écouta. La voix du ménestrel était douce et claire. Il fut généreusement applaudi et, à la demande du public, il poursuivit son récital en chantant dans cette langue mystérieuse qu'Edmund avait entendue près du feu de camp. S'il ne comprenait pas le texte, la mélodie était assez explicite : il s'agissait d'une histoire d'amour et de jalousie, teintée de nostalgie.

Quand vint l'heure des offices du soir, les moines sortirent en file du réfectoire en direction de l'église. Cluaran, quant à lui, resta discuter avec trois hommes aux traits durs et vêtus de capes sombres. Les mines renfrognées, ils se retirèrent dans un coin pour parler à voix basse. Le garçon se demanda ce que mijotait Cluaran. Alors qu'il traînait dans la salle en tentant d'épier leur conversation, il fut chassé par un moine, puis escorté avec Elsbeth jusqu'aux écuries, derrière la maison du père supérieur, où ils passèrent la nuit.

Le lendemain matin, le ménestrel leur parut soucieux sur le chemin du marché. Il s'arrêta devant la porte de l'église et tira de sa tunique une petite bourse. Les pièces de cuivre tintèrent lorsqu'il les versa dans sa paume avant de les tendre aux enfants.

— Pour vous acheter à manger, précisa-t-il en désignant du menton les premiers étals.

— Mais je croyais que le marché avait lieu hier ! s'étonna Elsbeth.

— La grande foire du printemps se tient en ce moment. Elle dure trois jours – et tant pis si le printemps n'est pas au rendez-vous ! s'exclama-t-il en montrant le ciel couvert et gris. C'est bien le genre des fils d'Adam de boire et de s'amuser sans raison – une aubaine pour les ménestrels !

Les bourgeois se rassemblaient autour de l'église. Elsbeth regarda en bas de la rue et vit de nombreuses charrettes se succéder à l'entrée de la ville, doublées par un maquignon qui menait ses bêtes à pied.

— Retrouvons-nous ici au coucher du soleil. Et n'oubliez pas : ne vous faites surtout pas remarquer !

Sur ces mots, Cluaran leur tourna le dos et rejoignit d'un pas leste le vendeur de chevaux.

Sur le parvis de plus en plus encombré, Edmund observa l'arrivée des camelots, les bras chargés d'amulettes, de colliers de perles et de porte-bonheur. Les bateleurs s'installaient entre les étals de nourriture. Là, un homme en haillons jouait de la cornemuse pour quelques sous ; plus loin, une ou deux baraques proposaient des jeux de hasard ; d'autres abritaient des diseurs de bonne aventure. Edmund déambulait, étourdi par un sentiment de liberté nouveau. Jamais il n'avait pu flâner ainsi dans la capitale de son royaume sans avoir au moins un garde sur les talons.

Quand leurs estomacs crièrent famine, ils se laissèrent guider par les odeurs jusqu'à un grand foyer, où un cochon grillait sur une broche. Ils achetèrent un morceau de viande et y plantèrent les dents avec appétit, sans se préoccuper de la graisse qui dégoulinait sur leurs mentons.

Vers le milieu de l'après-midi, de nouveaux musiciens affluèrent – des joueurs de musette, des chanteurs, ainsi qu'un garçon dodu muni d'une grosse caisse.

— Oyez, bonnes gens ! Une pièce d'argent pour celui ou celle qui trouvera la balle ! Vous, gente dame, oserez-vous tenter votre chance ?

Cet appel retentissant attisa la curiosité d'Edmund. Il s'arrêta à côté d'une baraque tendue d'une étoffe couleur sang de bœuf. Un attroupement s'était formé autour d'une planche derrière laquelle un grand gaillard brandissait trois gobelets. Il jongla avec durant quelques secondes, puis les disposa en ligne. Ensuite, il montra une balle en bois peinte et la glissa d'un geste théâtral sous le gobelet du milieu.

— J'ai déjà vu ce truc, murmura Elsbeth, pendant

que l'homme déplaçait ses trois timbales à toute vitesse. Contrairement aux apparences, c'est très difficile.

Un badaud joua et perdit sa mise. Il fut imité par son voisin, qui n'eut pas plus de succès. Le forain était imbattable. Ses énormes mains recouvraient presque les gobelets, ce qui ne les empêchait pas de bouger plus vite que leur ombre, dessinant des motifs compliqués sur la planche. Edmund vit Elsbeth observer ses mouvements avec une fascination croissante.

— Ce doit être celui-ci ! chuchota-t-elle en fixant le gobelet de gauche.

Le client suivant pensa de même.

— Non, il l'a glissée à droite, affirma Edmund.

En effet, le bateleur souleva le premier gobelet, qui se révéla vide.

— La voilà ! déclara-t-il triomphalement en faisant apparaître la balle à droite.

Déçu, le client malchanceux partit, abandonnant sa mise. Elsbeth dévisageait Edmund, bouche bée.

— Tu l'as vu faire ou... ou tu t'es servi de... tu sais quoi ?

— Non ! Ou alors sans m'en rendre compte...

Il rougit avec une expression coupable. Il avait l'impression d'être un tricheur. Après tout, le forain employait bien des ruses lui aussi. Après quelques secondes d'incertitude, il n'hésita plus à prendre la place du magicien. La table apparut sous ses larges mains, rapides comme l'éclair. Il ne distinguait pas la balle. Cependant, il savait où elle se cachait, car l'homme regardait le bon gobelet avec plus d'intensité que les autres. Edmund perçut chez lui un profond mépris pour le public qui lui donna envie de quitter sa conscience sur-le-champ. Pour lui, les chalands n'étaient rien de plus que des benêts à escroquer.

Trois nouveaux audacieux se laissèrent prendre au jeu et échouèrent. Chaque fois, Edmund soufflait la bonne réponse à Elsbeth. Il ne se trompa pas une seule fois.

— Il me reste une pièce, dit-elle. Tu devrais le duper – chacun son tour !

Il ne balança pas longtemps avant de prendre une décision : ce personnage arrogant méritait une bonne leçon. Il fit un pas en avant et posa la pièce sur la table.

— On croit en son étoile, jeune homme ? demanda le bateleur en agitant ses gobelets.

Edmund feignit d'étudier avec attention les déplacements de la balle. La solution s'imposa à lui avec la force de l'évidence.

— Celui de gauche, dit-il.

L'homme pâlit.

— Tu es bien certain, mon garçon ? lança-t-il d'un ton léger.

Ses yeux plissés, toutefois, trahissaient sa contrariété. Edmund hocha la tête. L'arroseur arrosé souleva la timbale et la balle se mit à rouler sur la planche. Alors que les spectateurs applaudissaient à tout rompre, et que le prince tendait la main pour recevoir son dû, il balaya la foule du regard et réclama le silence.

— On a l'œil vif, hein ? Et le goût du risque, je parie !

Il attrapa une petite pile de pièces dans son sac en cuir et les garda entre le pouce et l'index.

— Je t'offre dix pièces d'argent si tu trouves la balle trois fois de suite. Qu'en dis-tu ?

Le public avait grossi en entendant la voix tonitruante de l'escamoteur. Elsbeth attendait au premier rang, les yeux brillants.

— Vas-y, Edmund ! insista-t-elle.

Tout autour, les passants criaient des conseils contradictoires.

— Prends ton argent, petit, ne sois pas bête ! Tu vas te faire plumer !

— La paix, femme ! Tu ne vois pas que la chance lui sourit ?

Edmund n'entendait plus personne. Il lui en avait coûté d'accepter l'aumône de Cluaran ce matin-là ; d'habitude, dans son royaume, il distribuait des pièces sans compter aux sujets de son père.

— Je prends le pari ! annonça-t-il.

— Dans ce cas, tu me dois un autre sou.

Il chancela.

— Mais je n'ai plus..., balbutia-t-il.

Les spectateurs manifestèrent leur déception en sifflant. Il sentit le rouge monter à ses joues et, plein de dépit, se résolut à partir.

Cependant, l'escroc, qui avait flairé une bonne piste, refusa d'abandonner la partie si facilement.

— Allons... Un jeune homme bien mis comme toi doit sûrement avoir quelque chose à mettre en gage. Une bague – une broche, peut-être ?

Il contourna sa table et, sans lui laisser le temps de réagir, il écarta les pans de sa cape. Edmund le repoussa rageusement, mais trop tard – il avait repéré son magnifique fermoir qui scintillait entre les plis sombres du tissu. Sa face charnue grimaça de convoitise.

— Ah, tu vois ? Ce bel oiseau fera l'affaire. Et on ne se dédit pas d'un pari, n'est-ce pas ? cria-t-il à la foule impatiente.

Edmund sentit Elsbeth se crisper. La raison lui commandait de fuir, mais son orgueil l'emporta. Ce charlatan voulait le flouer – eh bien, il en serait pour ses frais ! Il referma sa cape et s'avança d'un air confiant.

— D'accord.

— À quoi tu joues ? marmonna Elsbeth.

Il ne prit pas la peine de répondre. Son esprit était entièrement tourné vers le jeu. L'homme regagna sa place. Sitôt qu'il fut assis, ses énormes mains reprirent leur ballet. Cette fois, Edmund parvint à se concentrer sur la balle elle-même, sans passer par le regard du manipulateur. Une jubilation sauvage monta en lui.

— Celui du milieu ! annonça-t-il.

Il avait de nouveau vu juste. Le public manifesta bruyamment son enthousiasme, tandis que l'escamoteur, lui, commençait à suer à grosses gouttes. Son visage était si crispé et sa nervosité si palpable, que le silence retomba en quelques secondes. Edmund suivit le circuit invisible de la balle – au centre, à droite, encore au centre – puis, tout à coup, elle disparut. Il ne sentit plus que du vide.

Le murmure de la foule s'amplifia. Où était passée cette fichue balle ? Il décela une lueur mauvaise dans les yeux du bateleur. Comme il restait muet, celui-ci leva les bras et lança sur le ton de la plaisanterie :

— Je t'en prie, prends ton temps !

— La balle n'est plus là.

Ils se regardèrent en chiens de faïence un long moment, puis l'homme éclata de rire.

— Non, tiens ! Ces honnêtes gens pourront tous te confirmer que je n'ai pas soulevé un seul de ces gobelets. Aurais-tu peur de perdre ton pari ?

Edmund partit mentalement en quête de la petite sphère de bois. La voilà qui roulait dans l'herbe ! Il se tourna vers les badauds attroupés, qui avaient pris fait et cause pour le marchand.

— Jetez un œil sous les gobelets et vous verrez qu'il ment ! Il y a un trou dans la table.

Elsbeth se jeta aussitôt en avant, mais elle fut devancée par une femme rondelette et de méchante humeur.

— Voyons voir ! hurla-t-elle en renversant les trois timbales. Ha ! Vide, vide et vide ! Vous m'avez piégée ! Rendez-moi mon argent !

Pendant qu'il tentait de parlementer avec elle, un autre passant arracha le dais rouge. La balle manquante apparut aux yeux de tous, sous la table. Les clients floués se ruèrent sur le voleur en le maudissant et il dut prendre ses jambes à son cou.

Elsbeth tira Edmund par le poignet.

— On a intérêt à filer !

— Oui, mais pas par là. Allons nous cacher dans l'église.

Malheureusement, les portes étaient fermées. Edmund lâcha un juron et contourna le monument en courant, Elsbeth sur les talons. Il se dirigea vers les écuries du père supérieur.

— On n'a qu'à attendre ici, suggéra-t-il. Le soleil va bientôt se coucher.

Elle hocha la tête, penaude.

— Pardon, je n'aurais pas dû t'inciter à jouer. Maintenant, tout le monde va se souvenir de nous.

— Nous nous sommes comportés tous les deux comme des idiots. Je voulais l'argent, et aussi lui prouver qu'il ne pouvait pas se moquer des gens impunément. (Malgré lui, un frisson d'excitation le parcourut quand il se remémora la scène.) Elsbeth, je savais exactement où était la balle ! Ça dépasse le pouvoir des Ripente tel qu'Aagard me l'a décrit. La balle n'a pas d'yeux, ni d'esprit ! Les Ripente ne peuvent pas entrer en contact avec un objet. Je dois découvrir jusqu'où je peux aller !

Une voix aigre l'interrompit :

— Je crois que tu es allé assez loin pour aujourd'hui.

Elsbeth fit volte-face : l'escroc démasqué les avait retrouvés.

— Tu m'as fait perdre une coquette somme, dit-il, le visage rouge de furie. Sans parler du fait que tu as ruiné définitivement mon commerce sur Glastening. D'abord, tu vas me dédommager avec cette belle broche en argent que tu caches sous ta cape.

Il se jeta sur le garçon. Elsbeth voulut s'interposer. L'épée de cristal lui chatouillait déjà la paume. Elle s'arrêta juste à temps, alors qu'un rayon de soleil ricochait sur une lame courte et épaisse. L'homme appuyait une dague sur la gorge d'Edmund.

12

« Je ne peux pas mourir comme ça, pensa Edmund. C'est trop bête. » La honte lui brûlait le sang. Un sursaut d'orgueil eut raison de sa peur. Il envoya son talon dans le tibia de son assaillant, puis il enfonça violemment le coude dans les replis de sa bedaine. L'homme jura, vacilla, grogna et desserra sa prise. La dague accrocha le menton d'Edmund, mais il parvint à se dégager.

Le souffle coupé, le bateleur l'attrapa au collet avec sa grosse patte d'ours. Le garçon enchaîna les coups de pied et mordit un avant-bras qui empestait le beurre rance. Alors qu'il se tortillait comme une anguille pour achever de se libérer, il entendit sa cape se déchirer. Il bondit de côté, abandonnant un morceau d'étoffe entre les mains de l'adversaire. Ce dernier ricana tout bas.

— Allons, les gars, fit-il d'une voix rauque. N'allez pas vous blesser... Donnez-moi la broche et nous serons quittes.

— Jamais ! Vous n'avez pas respecté les conditions du marché, pourquoi le devrions-nous ?

— Peut-être parce que je suis armé, et pas vous ? suggéra-t-il, les lèvres retroussées en un rictus cruel.

Edmund battit en retraite vers les portes de l'écurie. Les chevaux trépignaient, nerveux, dans leurs stalles. Sa colonne vertébrale heurta soudain le verrou en fer. En deux enjambées, l'homme fut sur lui.

Cette fois, la lame entailla profondément son bras. Un brouillard épais troubla sa vue et envahit son esprit. Il perçut l'écho lointain du hurlement d'Elsbeth, puis une explosion blanche l'aveugla.

Le métal tinta ; les chevaux effrayés hennirent.

Lorsqu'il se risqua à regarder à travers le flot de lumière, il aperçut l'homme qui fixait avec effroi le pommeau de sa dague. La lame avait été purement et simplement tranchée. Face à lui, Elsbeth, gantée d'argent, brandissait l'épée de cristal. Il s'entêta néanmoins à avancer, agitant la poignée inutile en guise d'arme, le visage si rouge et si gras qu'on aurait dit un masque de glaise.

— C'est de la sorcellerie ! cracha-t-il d'un ton hargneux et mal assuré. Je vais prévenir les Gardiens !

Elsbeth fit un pas en avant, prête à frapper. Il perdit alors tout sang-froid. Avec un cri de terreur, il lâcha ce qu'il restait de son arme et s'enfuit en courant.

La jeune fille demeura immobile pendant un long moment. Puis elle soupira et baissa enfin l'épée. Celle-ci était apparue dès qu'elle l'avait appelée, répondant sans faillir à l'urgence de la situation. Une sensation de puissance avait gonflé l'âme de la jeune fille, comme un souffle brûlant avec, en son cœur, une aiguille de glace. « Tu ne risques rien, rien... »

— Ton épée peut couper l'acier ! s'exclama Edmund.

Muette, Elsbeth examinait son poing. Sa peau apparaissait déjà en transparence sous le gantelet.

Une brise fraîche s'était levée. Le soleil avait glissé derrière l'écurie, plongeant la cour intérieure dans l'ombre. Elsbeth dévisagea Edmund. Sa pâleur ressortait sous la teinture de noix striée par la sueur et ses yeux clairs ressemblaient à deux lacs du bleu le plus pur. Puis elle remarqua l'entaille sur son menton et la raideur de son bras lorsqu'il ramassa sa cape déchirée.

— Tu es blessé ! s'écria-t-elle. Allons chez le père supérieur. Il doit y avoir un guérisseur parmi les moines.

— Nous n'en avons pas le temps, dit-il, les traits crispés par l'effort. Cet homme va nous dénoncer aux Gardiens, s'il ne l'a pas déjà fait. Il faut retrouver Cluaran.

— Espérons qu'il ne tardera pas à revenir...

Priant pour que le prince ne perde pas conscience en public, Elsbeth le précéda en direction de la place. Les derniers marchands allumaient des torches au bout de piques plantées de part et d'autre de leurs étals. Elle observa les environs avec angoisse, cherchant vainement à entrevoir Cluaran dans la foule.

— Je crois avoir vu un apothicaire par là, indiqua-t-elle.

À peine l'avait-elle suggérée qu'elle renonça à son idée. Si Edmund montrait son menton écorché, il susciterait des interrogations. Il dut aboutir à la même conclusion car il rabattit sa capuche sur son front.

— Ne prenons aucun risque. Restons plutôt du côté de l'église.

— Mais c'est justement là-bas qu'ils vont nous traquer ! objecta-t-elle. Nous serons plus en sécurité parmi les passants.

Elle lui prit la main et, tête baissée, l'attira au beau milieu de la cohue. Où était donc Cluaran ? Le ménestrel avait-il eu vent de l'incident ? Aurait-il quitté les lieux afin de sauver sa peau ?

Les flammes des torches ondulaient et jetaient des ombres inquiétantes dans les allées. Aux deux extrémités du marché, un violon et une cornemuse se faisaient concurrence ; entre les deux, un jeune jongleur divertissait les clients d'une confiseuse.

Soudain, Edmund tira sur sa manche.

— Quoi ?

Face à eux, le bateleur s'entretenait d'un air grave avec un homme vêtu de noir. Ce dernier arborait un fourreau à la ceinture.

— Cours !

Elsbeth pivota sur ses talons pour suivre son compagnon, mais trop tard : ils étaient repérés.

— Hé ! Là ! Je les vois ! Ils sont là !

Edmund fonça vers l'église, cherchant instinctivement protection auprès de ce Dieu qui n'était pas le sien.

À leur approche, les immenses doubles vantaux s'écartèrent. Alors qu'ils s'attendaient à être accueillis par la lueur des cierges et les psalmodies des moines, un groupe de cavaliers armés jaillit de l'obscurité. Les sabots de leurs chevaux résonnaient sur les dalles et la lueur des bougies se reflétait sur les ronds d'argent de leurs boucliers. Des Gardiens !

— On retourne au marché ! cria Edmund en faisant volte-face.

Ils se faufilèrent de nouveau entre les baraques. Elsbeth se fraya un chemin comme elle put entre les messieurs bedonnants et les coudes saillants, et gagna pour sa peine une gifle ainsi que quelques noms d'oiseaux. Bien que blessé, Edmund filait à toutes jambes.

Des cris de panique retentirent derrière eux, suivis de vociférations indignées et du cliquetis des étriers des Gardiens qui engageaient leurs montures parmi les badauds.

— Vite ! fit Elsbeth. Par là !

Elle plongea sous le dais d'un marchand de cervoise, et poursuivit son chemin à quatre pattes.

— Vous pouvez embrocher celui qui a le menton balafré, mais l'autre doit être livré vivant ! brailla un cavalier.

Elle frissonna. Une pression familière commençait à se manifester au creux de sa main droite. « Pas maintenant ! Ne nous trahis pas ! », pensa-t-elle de toutes ses forces.

Une baraque s'effondra près d'eux, entraînant dans sa chute une torche qui tomba sur l'auvent de l'étal voisin. Une épaisse fumée noire s'éleva et les gens furent forcés de s'écarter. Elsbeth en profita pour gagner l'allée suivante. Les battements de ses veines lui martelaient les tempes et Edmund respirait péniblement.

Ils avaient maintenant atteint le bord de la place. Rien ne remuait dans les ruelles noires. Toutefois, mieux valait qu'ils restent cachés : un geste imprudent pouvait leur coûter la vie. Enfin, ils crurent percevoir un mouvement.

— Il est là ! s'exclama Edmund en se précipitant vers les ténèbres.

En effet, Cluaran venait vers eux, tenant trois chevaux par la bride – pas les magnifiques destriers au poil lustré que montaient les Gardiens, mais des bêtes de somme, sellées et harnachées.

13

— Ne vous croyez pas tirés d'affaire, les avertit Cluaran d'une voix glaciale. Les Gardiens n'abandonnent pas si facilement.

Il aida Elsbeth à se mettre en selle et claqua la langue d'un air réprobateur en entendant le gémissement de douleur d'Edmund. Puis, avec la plus grande discrétion, il les conduisit jusqu'aux portes de la ville. Dès le mur d'enceinte franchi, ils partirent au galop, poussant leurs bêtes à la limite de leurs maigres moyens. Bientôt, ils s'éloignèrent de la route et s'enfoncèrent dans la prairie.

Edmund souffrait, mais la douleur importait peu comparée au bonheur de retrouver la liberté. À son aise sur le cuir bosselé de la selle, il maniait ses rênes d'une seule main. Tout autour, les étoiles resplendissaient, plus éclatantes à mesure que ses yeux s'habituaient à l'obscurité.

Elsbeth chevauchait maladroitement à son côté. Elle se cramponnait néanmoins à la crinière de sa jument avec une détermination farouche. Quant au ménestrel, il semblait avoir vécu toute sa vie à dos de cheval.

— Où allons-nous ? lui demanda Edmund.

— Sur le mont Tor. Nous sèmerons les Gardiens dans le labyrinthe.

Edmund eut beau écouter avec attention, il ne distingua aucun bruit suspect. Il ferma les yeux et fit voyager son esprit aussi loin que possible.

« Les voilà ! » Il aperçut d'abord l'encolure tendue d'un étalon, beaucoup plus grand et puissant que sa misérable carne. D'autres galopaient dans son sillage, des silhouettes encapuchonnées de noir penchées sur les crinières de leurs montures. Ils ne tarderaient pas à les rattraper et il n'y avait par ici aucun endroit où se cacher.

Edmund s'arracha à cette vision et enfonça les talons dans les flancs de sa bête essoufflée. Au loin, occultant les étoiles, les contours d'une majestueuse colline se dessinèrent. Des lignes la striaient de part en part.

Ils foulaient à présent un carré d'herbe haute, et les pas de leurs poursuivants se firent soudain plus nets. Cluaran tira d'un coup sec sur ses rênes et bifurqua sur un sentier pentu. Il tourna à gauche et disparut derrière une suite de talus qui formaient un tunnel exigu. Malgré les signes de faiblesse de sa monture, qui regimbait devant l'étroitesse du passage, il continua d'avancer. La jument d'Elsbeth trottait juste derrière, tandis qu'Edmund avait toutes les peines du monde à persuader sa monture de suivre ses compagnons.

— Restez près de moi, dit Cluaran. Et soyez très prudents : on n'emprunte pas ce dédale à la légère. Ce n'est pas non plus un endroit pour les chevaux, mais nous n'avons guère le choix.

— Où sommes-nous ? s'enquit Elsbeth.

Le ménestrel ignora la question et s'enfonça dans une trouée sombre. Les murs de terre du labyrinthe se refermaient sur leur passage. Edmund était au bord de la panique. Il avait la sensation d'être enterré vivant. Ses pieds frottaient les remblais de chaque côté. Devant lui, la queue de la jument fouettait l'air nerveusement. Le virage n'en finissait pas, si bien qu'il en vint à se demander s'ils ne tournaient pas en rond.

— Elsbeth ? murmura-t-il.

— Chut ! gronda Cluaran.

Il entrevit le front pâle de son amie pendant une fraction de seconde, avant qu'elle ne se concentre de nouveau sur le parcours. Après qu'ils eurent accompli un second tour, les murs, puis le sol, se mirent à vibrer. Les Gardiens étaient entrés dans le labyrinthe.

Les tremblements se muèrent en un grondement régulier. Les soldats gagnaient du terrain. Cluaran força l'allure et le prince éperonna son cheval craintif. Ils s'enfoncèrent, encore et encore ; seule la bande de firmament étoilé leur indiquait qu'ils n'avaient pas disparu à des lieues sous terre. Alors qu'Edmund était à bout de nerfs, ils franchirent enfin une arche de pierre et sortirent à ciel ouvert. Soulagé, Edmund avala une grande goulée d'air froid.

— Nous sommes au sommet, chuchota Cluaran.

Face à eux se dressait une silhouette noire, trop lisse et régulière pour être une colline. Une demi-lune, émergeant des ténèbres, révéla les ruines d'un ancien temple. Ses colonnes détruites gisaient, éparpillées, sur le sol dallé. Un portique soutenu par de minces piliers de marbre supportait une tablette de pierre gravée, accolée à la paroi rocheuse. Les flancs de l'édifice descendaient à pic de chaque côté. Tandis qu'il progressait derrière Cluaran entre les colonnes brisées, Edmund vit un bloc épais se découper dans l'obscurité. Il ne pouvait s'agir que d'une porte d'entrée conduisant aux entrailles de la terre.

Le roulement épouvantable des sabots ennemis s'accentua.

— Allez-y ! ordonna Cluaran en pointant l'index vers le passage. Maintenant !

Malgré les cajoleries de son cavalier, le cheval d'Edmund rechignait à s'immerger dans les profondeurs. Et lorsque celui-ci insista un peu vivement, l'animal manqua de le désarçonner.

— Dépêchez-vous ! cria Cluaran.

Enfin, Edmund parvint à franchir la porte. Le portail de pierre luisait d'un éclat irréel au point que, l'espace d'un instant, le garçon se crut la proie d'une nouvelle vision de Ripente. Il menait à une cavité, qui elle-même précédait une galerie abrupte. Les parois de la grotte étaient couvertes du sol au plafond de gravures aux motifs complexes. Des runes ? Un frisson lui parcourut l'échine. Quelle main avait pu laisser ce genre de marques dans ce lieu désolé ?

En se retournant pour s'assurer qu'Elsbeth le suivait, il vit les Gardiens surgir du labyrinthe en poussant des beuglements sauvages. Leurs lames dégainées étincelaient au clair de lune. Cluaran fit volter son cheval et cria quelques phrases dans un langage inconnu du garçon. D'un geste vif, il attrapa son arc et encocha une flèche.

Au même instant, un rayon blanc jaillit de la paume droite d'Elsbeth. Sans réfléchir, elle s'élança entre les colonnes.

— Elsbeth, non ! hurla Edmund.

Elle ne pouvait rien contre tant d'hommes. Et pourtant la voici qui se plantait entre Cluaran et ses poursuivants.

La confusion régnait parmi les Gardiens, dont les destriers reculaient, effrayés par les violents reflets du cristal. Elsbeth ne fit aucun mouvement pour les attaquer. Elle leva haut son épée et l'abattit sur l'un des piliers.

La pierre se fendit sans opposer la moindre résistance. Lentement, le portique bascula. D'un bond, la jument évita l'éboulement. Impuissants, épouvantés, les Gardiens virent leurs proies se réfugier dans la galerie, bientôt scellée par un énorme amas de roches.

Ils se seraient retrouvés dans un noir complet sans la lueur déclinante de l'épée. Les odeurs de moisi, de terre humide mêlées à celles des chevaux emplirent les narines d'Edmund. Les bêtes se blottirent les unes contre les autres dans la minuscule caverne, fébriles et inquiètes.

Elsbeth se pencha sur le cou moite de sa jument et la caressa de la main gauche, tout en essayant de dissimuler l'épée.

La lame, transparente à présent, hypnotisait le garçon. Cluaran lui-même la fixait avec une telle intensité qu'il semblait ne plus jamais vouloir la quitter des yeux. Il tendit la main puis se ravisa, tournant vers le tunnel un visage inexpressif.

— Ne vous éloignez pas de moi. Elsbeth, reste au

milieu : ta jument est plus lente. Ne me perdez surtout pas de vue. Vous ne devriez pas être ici et les habitants de la colline se montrent parfois impitoyables.

L'obscurité tomba subitement comme un sac sur la tête d'Edmund.

Ils cheminaient en silence sur un sol meuble. Le garçon crut à plusieurs reprises entendre des voix résonner dans les profondeurs de la terre, un chant rythmé par le choc du fer sur la pierre. Toutefois, ces sons étaient si étouffés qu'ils pouvaient aussi bien être le fruit de son imagination. Bien qu'il sentît la forte déclivité du tunnel, il avait perdu tout sens de l'orientation et du temps. Dès qu'un courant d'air indiquait qu'ils croisaient un passage latéral, Cluaran augmentait l'allure et ne manquait pas d'inciter ses jeunes compagnons à l'imiter. Quelles créatures se cachaient au fond de ces allées ? « Il est sûrement préférable de ne pas le savoir », songea le prince, peu rassuré.

Il n'aurait su dire combien de minutes s'étaient écoulées quand la touffeur diminua et qu'un parfum de terre fraîche leur chatouilla de nouveau le nez. Les ténèbres se dissipèrent peu à peu.

— Attendons ici, ordonna Cluaran. Ne faites pas un bruit.

Ils patientèrent durant une éternité, osant à peine respirer. Seul le souffle lourd des chevaux perturbait le calme de la nuit. Une lumière blafarde révéla un mur lisse, couvert de sortes de symboles – des représentations d'humains, d'oiseaux ou d'insectes ? Edmund se pencha pour tenter de les déchiffrer, mais le ménestrel réclama son attention.

— Les Gardiens sont actuellement dans la partie basse du labyrinthe. Ils vont retourner se poster à l'entrée et nous y guetter. Ne commettez pas d'imprudences. Nous avons traversé la colline et la sortie du tunnel se situe à plusieurs lieues du dédale. Cependant, nous ne rencontrerons aucun abri avant un bon moment et il pourrait prendre l'envie à nos amis Gardiens d'étendre leurs recherches.

Une brise fraîche caressa les joues d'Edmund. Puis la clarté laiteuse de l'aurore l'obligea à cligner des yeux. Une herbe sèche poussait par touffes sur des lieues à la ronde. Il tritura nerveusement les rênes, réfrénant son désir de partir au galop.

Les trois voyageurs poursuivirent ainsi leur route à pas lents jusqu'à un bosquet. Ils gagnèrent le couvert des arbres avec soulagement et s'enfoncèrent dans l'obscurité.

— Maintenant, sauvez-vous au triple galop ! cria Cluaran.

Elsbeth se cramponna à la crinière de sa jument et bondit en avant. Edmund ne se fit pas prier et s'élança à son tour, sans quitter son amie des yeux de peur qu'elle ne tombe.

Le ménestrel était capable de déceler des sentiers invisibles au commun des mortels. Ils chevauchèrent pendant des heures, sans marquer aucune halte ni ralentir un seul instant, malgré la fatigue des montures. Le prince aussi commençait à montrer des signes de lassitude. Son bras et son menton restaient douloureux, mais la joie d'être encore en vie atténuait ses souffrances.

Ils sortirent de l'ombrage sous la bruine. Cluaran

leur fit signe de descendre de selle. Ils menèrent leurs bêtes en sueur le long d'un talus boisé, jusqu'à une corniche rocheuse, où était creusée une petite caverne qui les protégerait de la pluie.

Elsbeth trébuchait, épuisée. Son visage était crispé et blême sous ses cheveux coupés court. Une fois les rênes solidement nouées à une branche, ils se traînèrent jusqu'à la grotte, où les adolescents s'effondrèrent côte à côte, le dos appuyé contre la pierre rugueuse.

— Tu t'en es très bien sortie, murmura Edmund, les paupières mi-closes.

— Au moins, je ne suis pas tombée, marmonna Elsbeth.

Sur ces mots, ils s'endormirent d'un sommeil de plomb.

Edmund rêva qu'il était chez lui, à Noviomagus. Il avait cinq ans. Son père était absent, mais Aelfred vivait alors à la cour, pour quelques mois encore. Le frère de Branwen était déjà un adulte ; il devait avoir dans les vingt ans, ce qui ne l'empêchait pas de folâtrer avec son neveu près du lac. Ils venaient de se battre en duel avec des épées de bois, pour le plus grand bonheur du garçon. Un troupeau d'oies hautaines s'était égaillé en cacardant d'un air indigné.

Ensuite, ils étaient partis pour la cueillette des mûres. Edmund dévalait une voie plantée de majestueux ormes dorés, son oncle courant derrière lui à pas lourds. Ses mains et son visage violets étaient tout collants de jus et son bol tremblait, si bien qu'il renversa une bonne partie de sa récolte sur le trajet.

— Ralentis, Aile-de-Neige ! cria Aelfred.

Les belles oies blanches qui nichaient au bord du lac avaient inspiré ce surnom. Aelfred, dont les cheveux étaient châtains et les yeux sombres comme sa sœur, taquinait souvent son neveu à propos de son teint et de sa tignasse clairs. « Ne t'aventure pas dans la neige, on risquerait de t'y perdre ! », lui disait-il toujours.

Il grimaça en remarquant les taches violettes autour de la bouche du prince.

— Il faudra te laver avant de rentrer, ta mère te gronderait !

Edmund était encerclé de mûriers sauvages. Il tenait son bol serré entre ses menottes, tandis que son oncle le soulevait à hauteur des baies les plus grosses. Des épines se prenaient dans ses habits et égratignaient ses bras, mais il les ignora et tendit la main pour attraper une grosse mûre brillante. Soudain, il se rétracta. Du haut d'une branche d'aubépine, caché au milieu du feuillage gris-vert, un œil le regardait – un œil d'oiseau, rond et noir. L'animal dressa la tête. C'était un corbeau géant. Il déploya ses ailes et s'éleva au-dessus des buissons en poussant un cri perçant. Subitement, il fondit sur le garçon, le bec menaçant.

Aelfred disparut comme par magie et Edmund chuta en arrière, assailli de coups de bec et de griffes. Il heurta durement le sol et, paniqué, battit en retraite. Heureusement, l'animal renonça à le poursuivre. En quelques battements d'ailes souples, il se volatilisa.

Il faisait sombre à présent. Sous ses pieds, l'herbe s'était changée en pierre. Il se trouvait dans une grande pièce, faiblement éclairée et remplie d'objets étranges, en particulier des outils divers et d'imposantes machines, composées de cadres en bois, de sangles de cuir et de bandes de fer. Edmund n'avait jamais vu de semblables instruments, cependant leur aspect l'emplissait de crainte.

Un mouvement dans un coin de la pièce le fit bondir en arrière. Il n'était pas seul : Elsbeth se trouvait là aussi ! Elle se tenait debout, appuyée contre une barre de fer. Non... Non, à mieux y regarder, elle était enchaînée... Ses pieds ne touchaient pas terre ; elle se débattait, sanglotant en silence, le visage convulsé.

Une silhouette jaillit de l'ombre, les traits dissimulés par une large capuche. Quelque chose brillait dans son poing. Edmund crut distinguer une lame acérée, illuminée par les flammes des bougies. Il voulut se jeter entre son amie et l'inconnu, mais il était incapable de bouger, incapable même de crier. Il se sentait comme retenu par des ronces, prisonnier. Il lutta pour se libérer. En vain. Fou de désespoir, il dut se résigner à être le témoin impuissant de la scène qui se déroulait devant lui.

14

Elsbeth se réveilla en sursaut, tirée du sommeil par les cris d'Edmund. Elle jeta un coup d'œil sur son compagnon et, constatant qu'il dormait encore, s'étira en gémissant. La douleur n'épargnait pas une seule de ses articulations et les muscles de ses jambes étaient à la torture dès qu'elle pliait les genoux. Le sol de la grotte était humide et une bruine persistante s'infiltrait sous la voûte, tombant d'un ciel si terne qu'il était difficile de dire si c'était le soir ou le matin.

Elle observa Edmund, en se demandant si elle devait le secouer. Ses mains cueillaient des objets invisibles au-dessus de lui, et il ne cessait de grogner. Il lui parut plus maigre que le jour où elle l'avait rencontré à bord de l'*Alcyon*. Plus vieux aussi, comme si ces derniers jours l'avaient usé. La pâleur de son visage ressortait sous la teinture de noix et l'entaille à son menton était enflammée et gonflée.

Les souvenirs de leur folle chevauchée remontèrent à sa mémoire. Elle se redressa et chercha Cluaran. Décidément, cet homme aimait les promenades solitaires. Le regard qu'il avait porté sur l'épée ne lui avait pas échappé. Il connaissait cette lame de cristal, de toute évidence, et l'excitation avait dilaté ses pupilles. Cependant, il n'y avait fait aucune allusion depuis.

Elle sentit Edmund remuer à côté d'elle.

— Elsbeth ! murmura-t-il.

Il la fixait d'un air bouleversé, ses yeux bleus pleins de détresse.

— Oui, je suis là.

Il s'ébroua, comme pour se débarrasser de pensées désagréables. Alors qu'elle s'apprêtait à l'interroger, Cluaran fit irruption dans la grotte, la cape couverte de perles de rosée et les cheveux collés au crâne.

— Ils appellent ça un temps printanier, grommela-t-il. Enfin... Avec ou sans pluie, nous devons partir sur-le-champ. Les Gardiens n'ont sûrement pas l'intention de renoncer à leur traque. (Il s'approcha d'Edmund et inspecta sa blessure.) Tu garderas une cicatrice, mais il n'y a pas d'infection. Tu peux monter à cheval ?

Le garçon hocha la tête. Le cœur lourd, Elsbeth leur emboîta le pas. Les chevaux broutaient l'herbe mouillée à flanc de colline. En contrebas s'étendait une vaste forêt, composée de hauts chênes, de hêtres et de marronniers, dont les premières feuilles sortaient timidement. Au-delà vibraient les reflets brunâtres d'une rivière.

— C'est là-bas que nous allons, les informa Cluaran. Une fois la rivière franchie, il nous faudra deux jours pour atteindre Venta par les sentiers de la forêt.

Elsbeth se hissa péniblement sur le dos de la vieille jument. Au moins, en dépit de ses muscles raides, elle ne redoutait plus de chuter à tout moment. Les mâchoires crispées, elle se lança parmi les arbres à la suite des deux autres cavaliers. Au bout d'un moment, Edmund ralentit pour bavarder avec elle. Il se tenait le bras gauche, ce qui ne l'empêchait pas de conduire sa monture avec une aisance qu'elle lui enviait.

— Serre bien les flancs de ta jument entre tes genoux, lui conseilla-t-il.

— Je préférerais mille fois marcher, avoua-t-elle. Encore une journée sur la selle et je ne pourrai plus jamais m'asseoir.

— Ne t'inquiète pas, tu vas bientôt t'habituer. Et cette vieille jument est bien stable, elle ne te laissera pas tomber. (Son visage se décomposa subitement.) Le sentier est étroit. Je passe derrière toi.

Pourquoi semblait-il si préoccupé pour elle ? Après tout, c'est lui qui était blessé.

Ils empruntèrent des chemins presque vierges. Les chevaux progressaient avec précaution entre les fourrés denses, tendant le cou à l'occasion pour saisir des jeunes pousses sur les branches. Elsbeth commençait juste à se décontracter lorsque le hongre de Cluaran s'arrêta net, les oreilles couchées et les naseaux frémissants. La jument hennit et s'immobilisa à son tour. Cluaran mit pied à terre pour tenter de calmer sa bête.

— Quelque chose les a effrayés ? demanda Elsbeth.

— Un animal sauvage, sans doute – peut-être un sanglier. Ils sont nombreux dans la forêt.

Après quelques paroles apaisantes murmurées à l'oreille de son cheval, le ménestrel sauta de nouveau sur son dos et repartit d'un bon pas. La jument, en revanche, manifestait toujours une certaine nervosité.

Elsbeth flatta sa solide encolure alezan et fit claquer sa langue.

— Ces animaux sauvages sont-ils encore dans les parages ? chuchota-t-elle à Edmund. Tu peux te servir de leurs yeux ?

Il jeta un coup d'œil méfiant en direction de Cluaran puis, rassuré, il adopta cette expression absorbée qu'Elsbeth commençait à bien connaître.

— Oui, dit-il après quelques secondes. Il y a des créatures par ici, mais elles ne font pas attention à nous.

Elsbeth le dévisagea, fascinée. Qu'éprouvait-on en regardant à travers les yeux d'un animal ? Elle ravala sa question, de peur d'éveiller les doutes du ménestrel.

Le soleil déclinait déjà quand ils entendirent le frémissement de la rivière à travers les arbres.

— Nous allons passer à gué ici, indiqua Cluaran.

À mesure qu'ils approchaient de la rive, la pluie se mit à tomber dru et le vent se leva. Violemment secouées, les branches chargées de gouttes d'eau arrosaient les voyageurs. Cluaran fronça les sourcils en scrutant les tourbillons boueux.

— Il faudra pourtant traverser. Le pont le plus proche se trouve vers Oferstow, à plusieurs lieues d'ici. Étant donné la grande discrétion qui vous a caractérisés à Glastening, je pense que nous aurions intérêt à éviter la compagnie des hommes.

Il sauta dans la vase et fit signe à Edmund de descendre de selle.

— J'y vais en premier, pour mesurer la profondeur.

Edmund prit les rênes des deux chevaux tandis que le ménestrel pataugeait dans les courants troubles. Il s'enfonçait parfois jusqu'à la taille ; néanmoins, il allait de l'avant d'un pas régulier. Soudain, il chancela et disparut. Elsbeth étouffa un cri, mais il refit surface quelques secondes plus tard. Cette fois, le niveau de l'eau atteignait sa poitrine. Il se retourna pour les appeler ; cependant, il était déjà si loin que sa voix se perdit dans le grondement des flots. Il paraissait paniqué. Les yeux écarquillés, il s'agitait, l'index pointé vers les bois.

Edmund fit volte-face. Une forme brune jaillit des arbres, filant à ras de terre. Bientôt, quatre ou cinq autres suivirent.

Groins aplatis ; petits yeux ronds noyés au milieu de soies rouges hérissées ; défenses recourbées qui scintillaient sous le ciel gris ; pattes courtaudes mais puissantes. Déterminés, les sangliers les chargeaient. Edmund vit Elsbeth lever la main droite. Au moment où le gantelet d'argent se mit à étinceler, la jument s'emballa et emporta sa cavalière dans les sous-bois. Les deux hongres se cabrèrent, arrachant les rênes des mains d'Edmund, et s'enfuirent derrière leur compagne de stalle sans attendre leur reste.

Le prince était encerclé. Il avait déjà vu de nombreux sangliers, et en avait même chassé à plusieurs reprises – mais un mâle de la taille de celui qui menait cette harde, jamais ! Il était presque aussi gros que lui, et ses défenses ressemblaient à deux cimeterres. Il savait de quoi ces créatures étaient capables. Au cours d'une battue chez un baron du Sussex, un chasseur s'était fait embrocher au niveau de l'aine. L'homme avait saigné à mort avant d'avoir pu rejoindre la demeure du seigneur.

Le garçon chercha désespérément un bâton autour de lui.

— N'essaie pas de te mesurer à eux ! hurla Cluaran. Cours ! Grimpe à un arbre !

L'énorme sanglier attaqua. Edmund se précipita sur un aulne interminable, et se hissa sur ses minces branches au moment où il percutait le tronc.

L'arbre entier fut ébranlé. Le garçon tâtonna en quête d'un appui sûr sur les rameaux humides et poussa un cri en tordant son bras blessé. La harde, composée d'une bonne douzaine d'individus, entourait maintenant le pied de l'aulne. Ils le fixaient de leurs yeux rougeoyants comme des braises, leurs défenses bien alignées. Il ne put s'empêcher de songer aux guerriers des contes, frappés de malédiction par quelque sorcier rusé.

Les dieux seuls savaient combien de temps il serait ainsi resté coincé sans le secours de Cluaran. Ce dernier courut vers les animaux attroupés en beuglant de toutes ses forces. Plus rapide que l'éclair, il leur lança une pleine brassée de cailloux. Les plus petits décampèrent sans tarder, mais le gros mâle ne bougea pas d'un poil – jusqu'à ce qu'une pierre le touche au front, entre les deux yeux. Alors il recula, chancelant, et finit par s'enfuir en laissant derrière lui de profondes traînées dans le sol boueux.

La gorge serrée, Edmund glissa le long du tronc et atterrit aux pieds de Cluaran. L'homme l'aida à se relever en tirant sur son bras, indifférent à son gémissement de douleur.

— Jamais rien vu de tel, marmonna-t-il. Un sanglier de cette taille, cela défie la raison... Enfin, nous avons d'autres chats à fouetter pour le moment. Les Gardiens doivent être sur notre piste, et nous voilà sans chevaux, sans sacs et sans Elsbeth... Quelle idiote ! La porteuse de l'épée ballottée par sa jument comme une vulgaire sacoche – c'est honteux !

Les joues d'Edmund s'empourprèrent. Il était reconnaissant à Cluaran de l'avoir libéré des sangliers, mais de là à tolérer qu'il insulte la demoiselle qui les avait sauvés des Gardiens sur le mont Tor ! Pourquoi fallait-il toujours qu'il les traite comme des moins que rien ?

— Je peux la retrouver, figurez-vous ! Et plus vite que vous ne pensez !

Cluaran le toisa, mi-sceptique, mi-intrigué. Edmund, furieux, était bien décidé à lui montrer de quoi il était capable. Il s'adossa à l'aulne et ferma les paupières, envoyant son esprit en quête d'Elsbeth.

Il ne tarda pas à trotter au ras du sol à vive allure. Il distinguait les flancs musclés de ses congénères, des troncs d'arbres flous, l'herbe écrasée sous leurs pattes. La forêt s'étendait à perte de vue, et il avait l'impression de la découvrir, comme si on venait de lui ôter des œillères. Les jambes d'une jument au galop apparurent en ligne de mire, puis une silhouette se profila sur un sentier. Que fabriquait Elsbeth à terre ? Seraitelle tombée ? Elle était penchée au-dessus d'une tache aux contours imprécis.

Edmund revint à lui, horrifié. Le chef de harde pouvait attaquer la jeune fille d'un instant à l'autre. Priant pour qu'il ne soit pas déjà trop tard, il cria :

— Vite ! Par ici !

Elsbeth se demandait combien de lieues elle avait parcourues sur le dos de sa monture affolée. Collée à la crinière, giflée par les rameaux, elle avait plongé entre les branches et les buissons pendant une éternité. La forêt n'était plus qu'un interminable rideau vert et elle commençait à désespérer de revoir un jour ses compagnons.

La jument finit cependant par ralentir. Au moment où Elsbeth croyait reprendre le contrôle, elle planta ses sabots dans la terre et s'arrêta net, projetant sa cavalière en avant. Celle-ci évita de justesse un buisson épineux mais elle atterrit dans une touffe de fougères, avant de s'envoler de nouveau.

— Allons, chut, dit-elle en valsant au bout de la bride. Calme-toi.

Ses paroles d'apaisement produisirent leur effet. Tandis qu'elle brossait ses vêtements du dos de la main, quelque chose attira son attention. Un éclair fauve, trop clair pour être un renard, avait traversé le sentier. Elle fit un pas et sursauta de surprise. Une enfant !

Elsbeth scruta les alentours, écouta... Personne. Pourtant, la fillette était bien trop jeune pour errer seule dans la forêt. Elle ne pouvait avoir que quatre ou cinq printemps. Accroupie au bord du sentier, elle ramassait avec soin les fragments cassés d'une coquille d'œuf. Elle fredonnait, le visage caché derrière une grosse mèche de cheveux.

— Bonjour ! fit Elsbeth.

La petite tressaillit et lâcha un morceau de coquille. Au même instant, la jument se cabra. Elsbeth se retourna d'un geste vif et vit avec stupeur le gros sanglier jaillir des fourrés et foncer sur elle, tête baissée, des filets de bave accrochés à ses défenses. Sans hésitation, elle se posta face à l'animal et tendit le bras droit. « Viens ! », ordonna-t-elle. Docile, l'épée de cristal apparut et fendit l'air en sifflant. Sa lumière inonda le bosquet.

— Cache-toi derrière moi ! dit-elle à l'enfant terrifiée.

Le reste de la harde s'était dispersé dans les sous-bois en couinant, aveuglé, mais le chef dévia à peine de sa trajectoire.

— Mon Dieu, venez à mon secours ! hurla Elsbeth.

Le feuillage bruissa dans son dos. Elle se résigna à devoir affronter un autre monstre, bien consciente qu'elle n'avait aucune chance de remporter un combat si inégal. Mais, au lieu d'un adversaire, ce furent deux alliés qui sortirent du bois. Cluaran et Edmund s'interposèrent entre elle et le mâle. Le premier décocha des flèches en série, si vite qu'elle n'avait pas le temps de voir sa main aller de l'arc au carquois. Quant au second, armé d'une bûche, il frappait de grands coups contre les troncs, faisant tomber une pluie de brindilles et de feuilles autour de lui.

Les flèches de Cluaran se logèrent dans les épaules puissantes du sanglier, qui vacilla et fit un écart pour éviter le bâton d'Edmund. Têtu, il reprit ensuite sa charge sur Elsbeth. « Aidez-moi », priait-elle. Une voix de feu et de glace lui répondit : « Ne crains rien, je suis là. »

Soutenant le pommeau à deux mains, elle abattit sa lame tranchante. Les yeux fermés, elle attendit le choc... Puis, comme il ne venait pas, elle rouvrit les paupières : le sanglier avait bifurqué *in extremis*, laissant un couloir de feuilles écrasées dans son sillage.

— Ça va ? s'enquit Edmund en courant vers son amie.

Elle hocha la tête, le souffle coupé. Pour la première fois, elle avait décidé elle-même de faire appel à l'épée. Elle aurait tué le sanglier pour sauver l'enfant. Trop choquée pour parler, la fillette était blottie dans les bras de Cluaran.

— Elle doit venir d'Oferstow, dit-il.

Son regard s'attarda sur la main d'Elsbeth, où l'épée pâle frémissait, telle la fumée d'une chandelle à peine éteinte.

— Eh bien, soupira-t-il, qu'on le veuille ou non, un détour par Oferstow s'impose, finalement.

15

Edmund se chauffait les mains au feu de la forge, un sourire béat sur les lèvres.

— Cluaran et moi n'avons pas la même définition de la malchance ! murmura-t-il à Elsbeth.

Elle lui rendit son sourire. Quel bonheur d'être au sec et au chaud, avec la promesse d'un bon repas et d'un lit confortable pour passer la nuit !

Cluaran avait été très clair : ils repartiraient dès le lever du jour. Le vieux ménestrel était juché sur le moyeu d'une roue, près de la porte. Il ne changerait donc jamais ! Il avait beau gagner sa vie en divertissant les invités de grandes maisons à travers le pays, il ne se plaisait qu'en sa propre compagnie, et ne se fiait à rien ni à personne.

Ils avaient rencontré une quinzaine de paysans sur le chemin du village. Ceux-ci battaient les sous-bois, la mine sombre, appelant à grands cris l'enfant égarée. Une femme rousse, aux rondeurs généreuses, avait aussitôt arraché la petite des bras de Cluaran, comme si elle le soupçonnait d'être responsable de sa disparition. Elsbeth et Edmund s'empressèrent de dissiper le malentendu en racontant l'attaque des sangliers. À leur grand soulagement, la fillette ne dit pas un mot au sujet de l'épée enchantée. Elle resta muette, le visage enfoui dans le cou de sa mère et la tête rentrée dans les épaules pour se protéger des créatures de la forêt.

Maîtresse Kedwyn invita « Elis » et Edmund à la suivre, tandis que les hommes d'Oferstow, armés d'arcs, accompagnaient Cluaran sur la piste des chevaux perdus. Les égratignures sur le visage d'Elsbeth et les blessures d'Edmund leur valurent un accueil digne de héros.

— Le chef de cette harde a tué mon mari il y a deux ans, leur confia Kedwyn, les yeux voilés de douleur.

Elle posa la petite sur une couverture pliée à côté du foyer et partit chercher un baume afin de soigner les écorchures d'Elsbeth. Ensuite, elle nettoya et pansa les blessures du prince. Il grimaça lorsqu'elle appliqua la pommade sur ses plaies.

— Tu n'as pas idée comme ça m'a brûlé ! avoua-t-il à son amie. Mais je me sens beaucoup mieux.

La fillette fixait tour à tour les flammes et la main d'Elsbeth. Elle ouvrit la bouche, puis se ravisa. Edmund poussa un ouf de soulagement. Avec un peu de chance, elle finirait par penser qu'un rayon de soleil l'avait éblouie. Tout s'était passé si vite.

Une fois les chevaux retrouvés, Cluaran rejoignit ses compagnons dans la chaumière de Kedwyn, imprégné des parfums de la forêt – un mélange de terre, de feuilles mouillées et d'odeur persistante de sanglier. Il était avec Bergred, le forgeron, qui secouait la tête d'un air désapprobateur devant l'état de grande faiblesse des montures.

— Ils sont épuisés. Et cette jument qui boite ! Vous ne risquiez pas d'aller beaucoup plus loin !

Il insista pour qu'ils soupent chez lui, sa maison était plus spacieuse que celle de Kedwyn.

— Pratiquement toutes les familles du coin ont eu au moins un membre blessé ou tué par ces maudits sangliers. Et voilà que ces deux gamins font fuir ces brutes ! Les gens vont se bousculer pour vous serrer la main, je vous le dis !

« Et nous qui ne devions pas attirer l'attention, c'est réussi ! », songea Edmund.

Ils burent du bouillon d'orge et de mouton dans des bols en bois, assis autour du feu, aux côtés des deux fils de Bergred. Au fil de la soirée, les villageois s'entassèrent dans la pièce. Bien entendu, la conversation tourna autour des attaques répétées de la harde. Horrifié, Edmund écouta Bergred rapporter les faits.

— Ils nous traquent partout, ce sont de vrais démons ! On n'ose plus se rendre dans la forêt pour ramasser du bois à moins de six. On dirait qu'ils en sont conscients et qu'ils nous guettent, patiemment.

Il compta sur ses gros doigts de travailleur le nombre de victimes : un garçon un peu simplet, retrouvé à moitié dévoré au milieu de l'hiver ; un fermier qui avait perdu une main en voulant protéger son fils de trois ans, et qui était ensuite mort de la gangrène ; l'aîné de Bergred, éventré deux ans auparavant ; un bébé arraché à son couffin, au coin d'un champ, durant les moissons...

Ce triste inventaire se poursuivait encore quand Maîtresse Kedwyn entra avec un pichet de cervoise.

— Ils ont pris deux vies ce jour-là : celle du bébé de Maesgarad, et puis celle de Toby, ajouta-t-elle. Le jeune Toby, rapide comme l'éclair pourtant...

— Plus rapide que moi, toujours, soupira Bergred. Je suis arrivé trop tard pour le sauver. Je l'ai retrouvé éviscéré. Mais j'ai eu le temps de regarder en face ce colosse aux poils noirs, et je vous jure que j'ai vu de la malice dans ses yeux, la même que dans les prunelles d'un méchant homme. Il cherche à se venger – à se venger et à détruire.

— Mais pourquoi ? souffla Edmund. Pourquoi ces animaux se comportent-ils ainsi ?

Un silence gêné accueillit sa question – preuve que chacun connaissait la réponse. Au bout d'un moment, comme si un accord tacite venait de le désigner porte-parole, Bergred expliqua :

— Il n'y a aucune raison de vous le cacher. Après tout, vous avez eu affaire à eux, vous aussi.

D'après le forgeron, la harde avait pour mission de châtier la population. Pour certains, il s'agissait de créatures maléfiques nées de quelque sorcellerie ; d'autres prétendaient que les Gardiens les avaient attrapés puis lâchés dans la forêt d'Oferstow. À l'évocation des soldats d'Orgrim, l'assemblée jeta un coup d'œil anxieux en direction de la porte. Seul Cluaran demeura impassible, ce qui rassura immédiatement Edmund.

— Vous pensez vraiment que ce sont les Gardiens qui vous ont apporté les sangliers ? répéta Elsbeth, incrédule.

Bergred hocha la tête.

— Il y a deux ans, on m'a appelé au cours d'une violente tempête pour aider un vieillard dont la charrette s'était enlisée dans la boue, près du pont. L'essieu s'était brisé. Je l'ai invité à se réfugier dans l'étable avec toutes ses affaires, pendant que je me chargeais des réparations. Apparemment, l'homme était dans un sacré pétrin. Il m'a supplié de l'aider à enfouir ses bûches et ses sacs d'avoine sous le foin. Je l'ai cru fou, au début !

« En réalité, un coffre étrange était dissimulé au milieu. Il était serti de fer et sa serrure n'avait pas de trou ! Le vieux m'a fait promettre de garder le secret tant qu'il resterait au village. Il m'a même offert une douzaine de pièces d'argent pour que j'achève le travail au cours de la nuit. Pour le bien du Wessex, qu'il m'a dit !

Elsbeth coula un regard en direction d'Edmund et comprit qu'il avait abouti à la même conclusion qu'elle : Thrimgar avait dû marquer une étape à Oferstow dans sa fuite éperdue de Venta Bulgarum.

— Le lendemain midi, reprit Bergred, quelques heures après son départ, les Gardiens ont déboulé au galop, conduits par Orgrim en personne. On aurait pu être flattés, vu qu'on ne croise pas souvent de conseillers du roi par ici. Mais franchement, il m'a tout de suite déplu.

Kedwyn jeta un coup d'œil inquiet vers Cluaran.

— Ne craignez rien, la rassura-t-il. Nous ne vendons aucun secret à ce genre d'individus.

Le forgeron frappa du poing sur son banc, si fort qu'Elsbeth faillit tomber de son tabouret.

— Je vous crois volontiers ! Mais quelqu'un nous a espionnés cette nuit-là. Orgrim savait que l'homme qu'il recherchait était passé par ici, et que je mentais en prétendant ne pas l'avoir aperçu. D'où tenait-il ces informations ? Des oiseaux ?

Edmund remua, mal à l'aise. Il se pouvait que Bergred ait raison, sans qu'il s'en doutât. Les oiseaux possédaient des yeux qu'un Ripente savait utiliser sans la moindre difficulté.

— Alors Orgrim vous aurait envoyé les sangliers pour vous punir, résuma Elsbeth.

— Nous en sommes convaincus. Il était furieux ce jour-là. Son gibier était parti depuis l'aube et le chargement avait disparu de mon étable – bref, il s'était déplacé pour rien. En quittant Oferstow, il nous a affirmé qu'on regretterait d'avoir aidé un traître. « Cette forêt ferait une parfaite réserve à sangliers » – ce sont ses propres mots.

Edmund vit une lueur argentée naître dans la paume de son amie. Elle serra le poing et le cala entre ses cuisses.

Les villageois quittèrent la maison chacun leur tour en ruminant leur infortune. Selon Bergred, les montures des trois cavaliers auraient besoin d'une journée de repos, au moins, avant de reprendre la route. Si le ménestrel fronça les sourcils, Elsbeth sentit son cœur bondir de joie.

— Edmund ! murmura-t-elle. Je sais comment aider ces gens ! Débusquons les sangliers et prenons-les au piège. Après ce qu'il a fait à Medwel, Orgrim ne l'aura pas volé. Œil pour œil, dent pour dent !

Un éclat malicieux passa dans les prunelles bleues du prince, qui lui répondit par un sourire narquois. Alors que Cluaran tentait d'obtenir du forgeron qu'il leur prête de bonnes montures pour remplacer leurs canassons boiteux, il interrompit la conversation :

— Nous serions ravis de rester un jour de plus, maître Bergred. Cluaran est un chasseur exceptionnel. Si nous trouvions ces sangliers en les encerclant avec des archers...

— Nous pourrions creuser un trou et les faire tomber au fond ! s'emballa Elsbeth. On les tuerait tous d'un coup !

Bergred et Kedwyn se consultèrent en silence.

— Non, trancha Kedwyn. L'idée n'est pas mauvaise, mais on ne peut pas laisser deux garçons de votre âge courir de tels risques.

Bergred ne semblait pas de cet avis.

— Non, bien sûr, il n'est pas question de mettre les jeunes en danger. Toutefois... le plan pourrait fonctionner. Qu'en dites-vous, maître Cluaran ? Êtes-vous aussi doué que ces gamins l'affirment ? Débarrassez-nous de ces monstres et je vous offre les meilleurs chevaux du village.

Cluaran fixa Edmund, les yeux plissés.

— Puisque mes apprentis sont décidés à essayer là où tant d'autres ont échoué, je ne voudrais pas les décevoir. Je tiens cependant à ce que l'un d'eux m'accompagne. Je ne vous garantis aucun résultat. Mais si j'ai votre parole d'honneur pour les montures, je vous promets de faire de mon mieux. Nous irons à l'aurore.

Cluaran et Edmund progressaient prudemment parmi les arbres. Quelques pas derrière eux, six hommes avançaient à la queue leu leu, armés d'arcs et de couteaux. Agacé, le ménestrel leur fit signe de faire moins de bruit.

— Un troupeau de bœufs serait plus discret ! grommela-t-il.

Il avait insisté pour qu'Elsbeth reste auprès de Kedwyn, au grand étonnement des deux adolescents. L'épée aurait pourtant représenté une arme sans égale contre les sangliers. Mais l'expression du ménestrel les avait convaincus de ne pas discuter sa décision.

— Bon, chuchota-t-il, tu veux être un héros en dépit du bon sens ? Tu es un Ripente, n'est-ce pas ? C'est comme cela que tu as pu localiser Elsbeth hier.

Le garçon acquiesça avec orgueil. Cluaran parut toutefois plus soucieux qu'impressionné.

— Ce don pourrait t'attirer des ennemis. Tu as raison de le garder secret. Es-tu bien entraîné ?

— Assez, répliqua-t-il en toute mauvaise foi.

Ils traversèrent la forêt jusqu'à une fosse que les habitants d'Oferstow avaient creusée au cours de la nuit. Des pieux, prolongés par des fers de lance, en garnissaient le fond dans le sens de la longueur. Les chasseurs les rejoignirent, visiblement nerveux, la peur dans les yeux.

— Parfait, il ne manque plus que les sangliers, ironisa Cluaran.

Il s'immobilisa en entendant des bruits de pas dans les broussailles. Elsbeth émergea soudain, pantelante, une outre à la main.

— Maîtresse Kedwyn a pensé que vous auriez soif,

expliqua-t-elle, avant de souffler à l'oreille d'Edmund : On ne se débarrasse pas de moi aussi facilement ! Je ne te quitte plus des yeux, c'est promis.

Il allait protester, convaincu que Cluaran avait une bonne raison de l'exclure de la battue, mais elle pirouetta sur ses talons, récupéra l'outre vide et fit mine de retourner au village en trottinant. Le ménestrel haussa un sourcil.

— Elle est rentrée chez Maîtresse Kedwyn, marmonna Edmund, sûr que son mensonge était inscrit en grosses lettres sur son front.

Sur ce, ils se remirent en chemin et devancèrent rapidement les archers.

— Les sangliers ne sont pas loin, je le sens. Peux-tu les situer ?

Le garçon ferma les paupières et fixa son attention. Lui aussi percevait leur présence ; pourtant, il ne voyait rien. Il se concentra plus fort. Au bout d'un moment, il finit par capter un mouvement presque imperceptible. Les bêtes devaient être dissimulées sous des tapis de fougères, à l'abri de la lumière. Une branche frémit sur sa gauche ; à sa droite apparurent un œil et l'éclat pâle d'une défense, si proches de lui qu'il sursauta. La harde se mit en branle.

— Ils sont dans un endroit très sombre.

— Une tanière ?

— Non... Plutôt un buisson de ronces. Ils avancent les uns contre les autres. (Il marqua une pause, obligeant la créature à cligner des paupières afin d'ajuster sa vue.) Le sol descend abruptement. Je vois des pierres en bas.

— Hum... Il y a une crête près d'ici, bien camouflée dans les sous-bois. Ce pourrait être là.

— Conduisez-moi dans cette direction. J'essaierai de vous en dire plus.

Les paupières fermées de peur de perdre sa vision, il tendit une main pour s'agripper à Cluaran. Le ménestrel le guida entre les troncs, écartant les branches qui menaçaient de fouetter son visage. Ses pieds butaient contre des racines noueuses et saillantes, et les fougères s'entortillaient autour de ses chevilles. Parfois, il entendait les chasseurs qui les suivaient à distance. Malgré ces diversions, il resta attentif à la course des sangliers et décrivit à Cluaran tout ce qu'il découvrait sur leur trajet – un talus, un changement brusque de luminosité, un taillis de bouleaux dont les troncs pâles jaillissaient d'un océan de fougères sombres. Chaque fois, le ménestrel murmurait : « Oui ! », ou encore : « Je sais ! », et orientait Edmund dans une nouvelle direction en l'attrapant par les épaules. Le prince ne se souciait pas de trébucher ; il persévérait, refusant de se laisser distraire. Il était à présent entouré de petits yeux luisants ; devant lui se découpait le corps massif du chef de la harde. Soudain, il s'arrêta et ses oreilles frémirent.

« Ils peuvent nous entendre ! », pensa-t-il.

— Ils sont ici !

Le ménestrel le lâcha si brusquement qu'il en perdit l'équilibre.

— Oui, je flaire leur odeur, souffla-t-il à l'oreille du garçon. Ils sont donc dans la direction du vent. C'est une chance. Nous pourrons les prendre au dépourvu.

En rouvrant les paupières, Edmund fut ébloui par la lumière orangée de l'aube. Il cilla et repéra la silhouette de Cluaran qui se détachait sur le disque rouge du soleil levant. À son signal, les villageois se mirent en place. Quelques bruissements de feuilles plus tard, ils empruntaient ensemble un tunnel de verdure.

Lorsque les premiers grognements se firent entendre, Edmund se recroquevilla sous des broussailles afin d'observer les animaux de ses propres yeux. Les flèches commencèrent à siffler. Une bête chuta en glapissant et le reste du groupe se dispersa, paniqué.

Fier de sa réussite, le jeune Ripente sortit son arc et se joignit à la battue. Les chasseurs s'engouffraient dans les trouées, savourant le plaisir de terrifier à leur tour leurs ennemis. Ils atteignirent bientôt la clairière. La fosse formait une flaque noire dans la clarté rougeoyante. Des villageois, la lance au poing, attendaient de chaque côté, aussi immobiles que des statues. Ils se raidirent au moment où les bêtes surgirent des arbres, puis ils s'élancèrent après leurs proies en poussant des rugissements effroyables et en tâchant de les précipiter vers le piège.

Edmund se figea subitement. Il en manquait un ! Le chef avait abandonné ses congénères. Où était-il passé ?

Elsbeth observait la scène, retirée parmi les ombres. Son visage s'illumina lorsqu'elle croisa le regard de son ami. Elle agita une main pour le saluer et partit le rejoindre, tandis que le cercle des adultes se refermait autour de la fosse.

C'est alors qu'un cri strident déchira l'air. Le gros sanglier se tenait à l'orée de la clairière, le groin levé comme s'il respirait le parfum du sang et de la peur qui flottait sous les frondaisons. L'instant d'après, il fonçait droit sur Edmund.

Ignorant les hurlements d'Elsbeth, celui-ci posa un genou à terre, tentant d'un geste malhabile de bander son arc. Le monstre semblait se diriger vers lui au ralenti, comme dans un rêve. Des nuages de vapeur s'échappaient de ses naseaux.

« Du calme, du calme... » Edmund tira sur la corde et relâcha sa flèche. Elle frappa le sanglier à l'épaule, lui infligeant une blessure large d'une paume. Il dévia de sa trajectoire et, renonçant à attaquer le garçon, se rabattit sur l'archer le plus proche. Pris par surprise, l'homme lâcha son arc et se précipita vers les arbres en criant.

Un éclair blanc traversa la clairière. Elsbeth courait à une vitesse surnaturelle. Elle pourchassait le sanglier, l'épée de cristal flamboyante à la main. En un instant, elle disparut.

Ni Cluaran ni le prince ne furent assez rapides pour se lancer à ses trousses. Alors Edmund décida de la traquer en se servant de son esprit. Il replongea dans le monde flou et pâle des bêtes de la forêt. Il aperçut les jambes du villageois en fuite qui grimpait à un arbre. Envahi par une bouffée de haine, il grimaça et chargea le tronc. Puis un faisceau lumineux éclaira une futaie derrière lui. Il fit volte-face vers cet étrange ennemi, résolu à le combattre à mort. Une frêle silhouette humaine se dressait derrière l'écran de lumière. Il fondit sur elle.

« Vas-y ! pensa Edmund. Prends ça, Orgrim ! »

Le coup fatal heurta sa nuque. Il s'effondra, le souffle coupé.

Quand il rouvrit les yeux, le sanglier géant gisait à terre devant lui, une plaie béante au cou. Elsbeth était penchée au-dessus de sa victime, haletante. Puis il sentit des mains rugueuses le saisir et le décoller du sol.

— Bougre d'imbécile ! gronda Cluaran. Ne connais-tu pas les limites de ton pouvoir ?

16

— Quel genre de Ripente es-tu ?

Elsbeth ne s'attendait pas à une telle colère de la part de Cluaran. Il prit Edmund par le col et le secoua violemment. Le garçon le fixait avec stupeur, sans oser répondre.

— Tu as emprunté les yeux d'une créature sur le point de mourir !

L'archer était en train de redescendre de son arbre, tout tremblant. Elsbeth s'empressa de cacher son bras droit avant qu'il n'aperçoive la lame phosphorescente. Le poids de l'arme diminua peu à peu.

— La mort du sanglier aurait pu te rendre aveugle – à jamais ! reprit Cluaran à voix basse. Personne ne t'a donc rien appris ?

Edmund était livide sous la couche de jus de noix. Cluaran finit par le lâcher en poussant un profond soupir.

— Non, tu es aussi ignorant que tu en as l'air. C'est un miracle que tu aies survécu aussi longtemps.

Il se tourna vivement vers Elsbeth et le villageois.

— Tout le monde peut marcher ? Dans ce cas, allons chercher les autres. Ils voudront voir cela de leurs propres yeux.

L'homme d'Oferstow examina le cadavre du sanglier et dévisagea Elsbeth avec étonnement.

— C'est un monstre ! s'exclama-t-il. Quel coup, mon garçon !

— J'ai eu de la chance, marmonna-t-elle.

Elle suivit Edmund et Cluaran en continuant de dissimuler sa main. Il lui fallait reprendre ses esprits. Le triomphe et la surprise le disputaient à la terreur dans son cœur affolé. Elle fléchit machinalement le poignet tandis que le gantelet se fondait dans sa chair. Elle avait utilisé l'épée pour tuer, et voilà que celle-ci semblait lui souffler : « J'ai été créée pour cela, Elsbeth. »

— Un sacré coup, quand même ! insista-t-il. Tu as une bonne épée. Je parie qu'elle n'a pas été forgée dans la région... D'ailleurs, où est-elle ? Tu ne l'as pas laissée avec la bête, au moins ?

— Elle n'est pas vraiment à moi, répondit-elle d'un air évasif.

Une secousse puissante parcourut son bras. « Si, je suis à toi pour toujours, Elsbeth. »

La nouvelle se répandit comme une traînée de poudre. Lorsqu'on rapporta l'énorme animal au village, pendu entre deux perches, des vivats éclatèrent en hommage aux trois visiteurs. Elsbeth croisa le regard de Cluaran et comprit qu'ils avaient attiré l'attention inconsidérément, même si les Gardiens ne s'étaient toujours pas manifestés. Pendant qu'hommes et femmes se rassemblaient pour rôtir deux des sangliers au-dessus d'un feu de joie, elle partit en quête d'Edmund et le trouva assis par terre, près de la forge, les yeux dans le vague et la mine sombre.

— Nous devrions participer aux réjouissances, murmura-t-elle en s'asseyant à côté de lui.

— J'ai failli perdre la vue quand tu as tué le sanglier. Pourquoi Cluaran en sait-il plus que moi sur mon pouvoir ? se lamenta-t-il. Et moi qui me figurais que je commençais à le maîtriser suffisamment pour pouvoir aider des gens ! En fait, je n'y comprends rien du tout.

— Edmund, tu as été formidable aujourd'hui. Regarde autour de toi ! (Elle lui montra le bûcher et les couples qui dansaient dans la lueur des flammes ; devant ce spectacle joyeux, il se décrispa un peu.) Cluaran a beaucoup voyagé et il sait des tas de choses. Mais c'est toi, le Ripente ! Allez, viens avec moi. Nous serons bientôt sur la route et nous devons faire nos adieux.

Bergred et Kedwyn tentaient de persuader Cluaran de profiter du festin.

— C'est très aimable à vous, refusa-t-il poliment. Cependant, il nous reste un long chemin à parcourir et nous sommes assez pressés. Si... Si jamais les Gardiens venaient vous interroger, il serait plus sage de leur cacher que vous nous avez donné l'hospitalité.

— Ils n'entendront pas parler de vous, promit Bergred.

Le forgeron leur offrit trois hongres jeunes et robustes en échange de leurs anciennes montures. Ils reçurent également d'autres cadeaux, notamment des capes garnies d'une doublure en laine et des vivres en quantité suffisante pour tenir jusqu'à Venta Bulgarum. Ainsi équipés, ils repartirent avant le coucher du soleil.

Ils se tinrent à l'écart de la route pendant deux jours, et campèrent dans une petite clairière, au bord d'une rivière où ils purent se laver et abreuver leurs chevaux. Cluaran semblait connaître le chemin par cœur. Elsbeth se demanda combien de fois il avait suivi cet itinéraire. Les sentiers invisibles qu'il empruntait passaient loin de toute habitation où un ménestrel aurait pu exercer son métier. Cet homme devait garder bien des secrets.

Au deuxième soir, ils atteignirent un coteau rocailleux. De là ils contemplèrent des terres cultivées et, au-delà, la ligne sinueuse et sombre de la chaussée.

— Il y a un carrefour à la sortie de ce virage, indiqua Cluaran. Venta se situe à une demi-lieue de distance ; le trajet est entièrement surveillé par des groupes de soldats. (Il pointa l'index en direction d'une tache vert clair au milieu des arbres.) Les chevaux pourront se reposer là-bas. Ayez un œil sur eux pendant que je continuerai à pied.

— On doit rester là à vous attendre ? fit Elsbeth, déçue.

— Vous allez avancer à découvert ? ajouta Edmund.

Cluaran fila au trot sans se donner la peine de répondre. Arrivé à un croisement, il agita la main et désigna une tour en bois. Quelque chose y était accroché...

Un gibet. Elsbeth avala sa salive. Un squelette en haillons se balançait mollement au bout d'une corde. Bien sûr, Dubris avait son lot d'exécutions, mais son père n'était pas du genre à emmener une fillette assister à une pendaison. Elle fit le signe de croix et récita une prière à voix basse pour l'âme du pendu. Edmund demeura muet, raide comme un piquet.

— Voilà pourquoi je prends la route, leur cria Cluaran. Les Gardiens aiment à organiser des pendaisons – une sorte d'avertissement pour les voyageurs tentés de s'écarter des sentiers balisés. N'importe quel innocent attrapé sur un chemin de traverse risque d'être accusé de vol et transformé en gibier de potence – surtout s'il est armé.

— Les bois abritent-ils d'autres dangers ? s'enquit Elsbeth en frémissant.

— Non, mais la ruse des Gardiens suffit à terrifier la population. Les cadavres constituent des épouvantails très efficaces.

Les adolescents descendirent la colline en silence. La tache verte qu'ils avaient aperçue d'en haut n'était qu'un simple carré d'herbes hautes et sauvages.

— Voici le dernier pré communal avant Venta. Ne quittez pas l'ombre des arbres et si vous entendez des cavaliers, laissez les chevaux et cachez-vous. Enfin, si quelqu'un d'autre vous aborde, dites que vous vous occupez des bêtes de votre maître afin de lui éviter de payer des frais d'écurie. Les gens de la ville avaleront ce mensonge sans difficulté, conclut-il avec un petit sourire.

— Pourquoi allez-vous à Venta ? insista Elsbeth. Et pourquoi ne peut-on pas vous accompagner ? Nous sommes assez grands pour veiller sur nous-mêmes !

— Vous vous attireriez des ennuis en moins de temps qu'il n'en faut pour le dire ! Je dois retrouver un objet important à Venta et je ne veux pas être distrait par vos maladresses, ni par vos tentatives de fuite ratées. Vous savez parfaitement que vous possédez ce qu'Orgrim désire par-dessus tout.

L'allusion à l'épée cloua le bec de la jeune fille.

— Je reviendrai bientôt vous chercher, assura-t-il, avant de disparaître parmi les arbres.

Elsbeth ne put se retenir de le suivre. Le bosquet était peu profond ; au bout de quelques secondes, ils ressortirent de l'autre côté. Elle le vit ensuite traverser à grandes enjambées une prairie desséchée en direction de la route. Bien qu'il n'eût pas l'air de se presser, elle échoua à le rattraper. Furieuse, elle dut se résigner à le regarder s'éloigner.

— Qu'est-ce que tu fabriques en plein soleil ? maugréa Edmund en l'attirant à couvert. Tu n'as pas entendu ce qu'il a dit ?

— Je m'en fiche ! Il n'a pas le droit de nous abandonner comme... comme de vulgaires bagages ! Qu'est-ce qu'il est censé récupérer, d'abord ? Pourquoi toutes ces cachotteries ? Il n'a pas confiance en nous ? (Elle donna un coup de pied rageur dans un caillou.) Remarque, ce n'est pas que je lui fasse confiance non plus ! Il n'arrête pas de filer en douce la nuit et il nous prend pour des bébés. Ce n'est pas juste !

— Calme-toi. Tu as raison. Il nous traite comme ses esclaves, au mieux comme des gamins turbulents. Poursuivons vers l'est sans lui, en contournant la ville. Mais, s'il te plaît, ne tente pas de le suivre : c'est trop risqué.

Elsbeth posa sur lui des yeux ronds, surprise par son ton pressant.

— J'ai... j'ai fait un rêve avant-hier, balbutia-t-il timidement. J'ignorais où j'étais et... quelqu'un te tenait prisonnière... quelqu'un de méchant, qui voulait te blesser. J'ai peur que mon cauchemar ne devienne réalité si nous allons à Venta. Je sais que ça a l'air idiot. Cependant, je n'ai pas osé raconter ma vision de l'incendie à Medwel et souviens-toi de ce qui s'est passé. Je ne me le pardonnerais jamais s'il t'arrivait malheur.

— Ce n'est pas idiot.

Elsbeth ne doutait pas d'Edmund. Du moins, pas de ses sentiments. Toutefois, sa curiosité fut la plus forte.

— Mais comment peux-tu être sûr que cela ne se produira pas si on reste ici ? dit-elle en s'efforçant d'être convaincante.

— Pas faux, concéda-t-il. Bon... D'accord, allons-y – mais soyons vigilants.

— Je me ferai aussi petite qu'une souris, promit-elle.

Sur ces mots, elle courut vérifier que les chevaux étaient bien attachés et revint en trottinant.

Ils se sentaient terriblement vulnérables hors de la protection du feuillage. Ils finirent néanmoins par se décontracter. Elsbeth accéléra le pas à la croisée des sentiers. Le gibet, avec son sinistre fardeau, craquait au-dessus de leurs têtes. Elle ne put s'empêcher de lever les yeux, en se demandant quel crime avait commis le pauvre homme pour mériter pareil châtiment... ou la pauvre femme ? Nul n'aurait pu le dire à présent.

— Quelle histoire va-t-on inventer si on croise des gardes ? interrogea Edmund.

— Cluaran nous a fourni la parade : nous sommes deux pauvres serviteurs qui voyageons derrière notre maître. Trop misérables pour que quiconque se soucie de nous.

Une rangée d'énormes pieux aiguisés en pointes entourait Venta Bulgarum. La porte massive était fermée par une barre de fer et les hommes armés de lances qui encadraient le beffroi n'étaient guère plus engageants.

— Halte ! aboya l'un d'eux. Quelle affaire vous amène ici ?

— Notre maître nous a laissés derrière avec les chevaux, geignit Elsbeth, mais il ne nous a rien donné à manger et nous avons faim.

Le guet éclata de rire.

— Ça lui apprendra à se fier à deux fainéants mal dégrossis ! Et vous espérez gagner un repas en venant le déranger jusqu'ici ? Vous mériteriez plutôt une volée de bois vert ! Je parie qu'il tient plus à ses chevaux qu'à deux nigauds comme vous ! (Il ouvrit un portillon dans l'enceinte.) Enfin, si vous avez envie de tâter du fouet, c'est votre problème ! Débrouillez-vous pour le retrouver avant le couvre-feu.

La route principale se ramifiait en plusieurs rues de l'autre côté de l'enceinte. Les premières maisons étaient adossées aux pieux. Il s'agissait de taudis minuscules. Les murs, bâtis à l'aide de treillis, étaient enduits de torchis, accolés les uns aux autres et reliés par un réseau de ruelles sordides. Elsbeth et Edmund se décidèrent pour la voie la plus large. Ils découvrirent bientôt des demeures plus confortables, dressées au fond de courettes, et possédant chacune un potager et un four.

La jeune fille entendit des poules caqueter dans des dépendances et remarqua une vieille femme en train de traire une chèvre. Il y avait peu de monde dehors. Les odeurs de cuisine saturaient l'air et des voix s'échappaient par les fenêtres entrouvertes. Elle supposa que la plupart des habitants soupaient. Tandis qu'Edmund observait les alentours d'un œil méfiant, d'une manière inexplicable, elle débordait de confiance : rien ne pouvait lui arriver ! Elle avait éprouvé le même sentiment quand elle s'était servie de l'épée à Glastening, puis à Oferstow.

— Eh bien, nous y voilà, dit Edmund. Débusquons Cluaran et tâchons de savoir ce qu'il mijote. J'aimerais autant qu'il ne nous voie pas.

— Non, il nous prendrait de haut, pour changer.

— Il ne faut pas déranger Maître Cluaran. Maître Cluaran a des choses tellement importantes à faire. (Il lâcha un petit rire, et se rembrunit aussitôt.) De toute façon, nous avons intérêt à passer inaperçus.

Sa gravité doucha l'enthousiasme d'Elsbeth.

— Ça, je n'ai pas l'intention de risquer ma peau, affirma-t-elle. À la moindre alerte, nous nous cacherons.

Comme pour la mettre au défi de tenir parole, des grondements de sabots s'élevèrent. Edmund la prit par la main et l'attira entre les habitations. Ils se faufilèrent derrière le coin de l'édifice le plus proche – une maison plus cossue que les autres, toute en bois, qui exhalait un fumet alléchant –, et se collèrent au mur pendant que les cavaliers passaient. Le soleil était bas ; il faisait presque noir à l'ombre des toits. Ils contournèrent quelques potagers, ainsi que des tas d'ordures, sans rencontrer âme qui vive, à l'exception de deux fillettes qui tiraient de l'eau au puits. Celles-ci les dévisagèrent avec curiosité. Puis une cloche tinta et elles se hâtèrent de remonter leur seau et de rentrer.

— Le couvre-feu ! s'exclama Edmund. À ton avis, où Cluaran a-t-il pu aller ? Mon œil de Ripente est incapable de le localiser.

Elsbeth porta son regard au-dessus des toits. La silhouette d'une grande tour se découpait sur le ciel pâle.

— Par-là, suggéra-t-elle. Toutes les affaires, quelle que soit leur nature, se concluent forcément au centre de la ville.

Une rue étroite les mena à une vaste place carrée, bordée d'édifices imposants. La tour qu'avait repérée Elsbeth appartenait à une église, plus grande et élégante que celle de Glastening. D'autres bâtiments rivalisaient de splendeur avec elle, en particulier des villas romaines somptueuses, plus basses, mais ornées de piliers ouvragés et de sculptures éblouissantes.

Elsbeth put également admirer un palais étayé par des poutres. « On dirait la grande salle d'un château ! », pensa-t-elle. Alors qu'elle se tapissait avec Edmund derrière une colonne de marbre, ils aperçurent des gardes. Leurs visages et leurs habits étaient plongés dans l'ombre, mais le rond d'argent sur leurs boucliers accrochait les feux du soleil couchant.

Les derniers passants se hâtaient de rentrer chez eux. Ils comptèrent deux femmes portant des paniers, un vieil homme avec sa chèvre, puis un petit garçon accompagné d'un chien squelettique qui courait sur ses talons. Tous se tenaient scrupuleusement à distance des Gardiens. Enfin, Edmund désigna une silhouette retirée dans l'embrasure d'une porte, parfaitement immobile : Cluaran. Depuis combien de temps patientait-il ici ?

Des sabots cliquetèrent sur les pavés tandis que deux Gardiens s'avançaient vers le palais, une torche à la main. Edmund était déjà prêt à fuir, mais les hommes se contentèrent de longer l'édifice pour placer les torches dans des supports prévus à cet effet, de part et d'autre de la porte massive.

Sa tâche accomplie, l'un des cavaliers s'intéressa au vieillard qui continuait de pousser sa chèvre récalcitrante à grands coups de baguette. Il était presque arrivé à l'extrémité de la place. Le Gardien appela son camarade. Hilares, ils éperonnèrent leurs montures et abordèrent le pauvre homme.

— Que fais-tu à traîner dehors après le couvre-feu ? Préfères-tu payer l'amende ou passer la nuit au pilori ?

Sa réponse balbutiante déclencha un fou rire.

— Pas d'argent, dis-tu ? Eh bien, tu n'as qu'à payer en nature. Ta bête a l'air bien portante, ma foi.

Le Gardien se pencha et s'empara de la corde passée au cou de l'animal. Deux autres soldats s'étaient approchés nonchalamment pour se repaître du spectacle. L'homme se mit à geindre, pendu au cou de sa chèvre, tentant d'obtenir la clémence de ses bourreaux.

Entre-temps, Cluaran s'était volatilisé. Elsbeth ne tarda pas à le retrouver : il se dirigeait vers le palais d'un pas leste, abrité derrière les colonnes. Les Gardiens étaient trop occupés à maltraiter le chevrier pour noter sa présence. Les deux gardes à pied lui tordaient les bras, l'obligeant à lâcher sa bête. Celle-ci émit un bêlement terrifié et s'emballa. Après avoir manqué de faire chuter le cavalier, elle se libéra et prit la fuite.

Par malchance, sa course folle croisa le chemin de Cluaran. Elle bêla à nouveau et dévia de sa trajectoire, dénonçant la position du ménestrel. Les quatre Gardiens, dégrisés, se dirigèrent vers l'intrus et bloquèrent toutes les issues.

— Qu'avons-nous ici ? fit l'un d'eux.

Cluaran tenait tranquillement sa harpe à la main, comme s'il s'apprêtait à interpréter une mélodie. Quelque chose dans son profil trahissait une pointe d'amusement. Il s'adossa à un pilier.

— Y aurait-il un problème ? demanda-t-il d'un ton innocent.

Les soldats s'empressèrent de se saisir de l'insolent.

— Tu es un étranger ici ! beugla un cavalier. Et tu rôdes dans nos rues après le couvre-feu, armé pardessus le marché ! Tu représentes un danger pour notre roi.

— Vous voulez parler de mon arc et de mon couteau à dépecer ? s'exclama-t-il, feignant la surprise. Je ne suis qu'un ménestrel, messeigneurs. Je voyage beaucoup et il faut bien que je mange sur la route. Voyez.

Elsbeth ne sut comment il y parvint, mais en une

fraction de seconde, il s'était dégagé et brandissait sa harpe.

— Je suis sincèrement désolé d'avoir causé de l'inquiétude aux braves défenseurs de la cité. Laissez-moi vous chanter quelque chose pour me faire pardonner.

Ses doigts caressèrent les cordes de l'instrument. Dès les premières notes, les soldats baissèrent les bras et reculèrent en traînant les semelles, comme envoûtés. Mais celui qui semblait être leur chef ne s'en laissa pas conter. D'un geste brusque, il se pencha de sa selle et arracha la harpe des mains du musicien. Elle tomba au sol dans un bruit discordant, dont l'écho résonna longtemps sur la place silencieuse.

— Attrapez-le, rustres sans cervelle ! J'en ai assez entendu. C'est un vagabond et un fauteur de troubles.

— On l'amène au capitaine Cathbar ?

— Ce vieux fou ! ricana-t-il. Écoute-moi bien, imbécile. Tu ne réponds plus aux ordres de Cathbar, c'est compris ? Lord Orgrim ne l'apprécie pas beaucoup.

L'autre hocha la tête comme un pantin.

— Bien. Je pense qu'il est inutile d'ennuyer Sa Seigneurie avec un mendiant. Pendons-le immédiatement.

Joignant le geste à la parole, il sortit une corde de sa sacoche. Le temps s'arrêta. Avant même qu'elle ait songé à l'appeler, Elsbeth tenait déjà dans son poing l'épée de cristal étincelante. L'onde de douleur qui parcourut son bras la poussa à se jeter en avant. Edmund hurla et tenta de la retenir. En vain : elle était déjà trop loin.

Guidée par la lame, la jeune fille baignait dans un épais brouillard, où les visages de ses ennemis n'étaient que des ronds flous. Les soldats esquivèrent son attaque d'un bond, cherchant à tâtons leur propre arme. Puis ils revinrent ensemble à la charge. Elle se rua maladroitement sur l'adversaire le plus proche. Mue par sa propre volonté, l'épée tournait dans sa main et parait les assauts. Cependant, Elsbeth se fatiguait vite. Trop lente, elle ne pourrait bientôt plus éviter les coups.

Il y eut un sifflement aigu et l'un des deux hommes tomba à terre, une tige emplumée dépassant de son épaule. L'autre commença à battre en retraite. Les paupières écarquillées, il fixait le garçon qui venait d'abattre son camarade, et qui s'apprêtait à sortir une seconde flèche de sous sa tunique.

Cluaran, quant à lui, se précipitait vers la lourde porte. Il sauta, s'accrocha au linteau et se hissa à la force des bras. Une fois en place, il tira à son tour son arc. Rassurée, Elsbeth raffermit sa prise sur le pommeau. La voix aiguë de l'épée tintait dans son crâne : « Je suis à toi, Elsbeth ! Je me battrai pour toi ! »

Toutefois, son regain de confiance fut de courte durée.

— Elsbeth ! cria Edmund. Derrière toi...

Quelque chose se fêla à l'intérieur de sa tempe et elle s'écroula sur les pavés, les bras en croix. Les cris rageurs d'Edmund faiblirent peu à peu. À travers le voile rouge qui troublait sa vue, elle distingua Cluaran, qui grimpait sur le toit du palais. Il jeta un dernier regard plein de regret dans sa direction

– était-ce elle ou l'épée qu'il regardait ? –, puis il disparut.

Juste avant que les ténèbres ne l'engloutissent, elle aperçut un immense oiseau noir qui planait au-dessus de la place. Il poussa un cri strident. On eût dit qu'il se moquait d'elle.

17

On les avait attachés dos à dos, si bien qu'Edmund ne pouvait examiner les blessures de son amie. Sa respiration bruyante indiquait toutefois qu'elle vivait encore. Elle était lourdement appuyée contre lui et ses chaînes s'enfonçaient dans ses côtes.

L'épée enchantée s'était éteinte aussi vite que la flamme d'une bougie après le coup porté par le cavalier. Cependant, les Gardiens avaient eu le temps de la voir distinctement. Ils s'étaient concertés à voix basse, sans oser s'approcher d'Elsbeth, pendant qu'un serviteur allait quérir chaînes et fers. Quant à Edmund, une fois son carquois épuisé, une simple corde avait suffi à l'immobiliser.

Il s'était défendu de son mieux, avec ses poings nus, résolu à n'aller nulle part sans Elsbeth. Tandis qu'il se bagarrait, il avait senti une pression subtile s'exercer sur son esprit – légère, et néanmoins familière. Les yeux fermés, il s'était efforcé de la chasser, avec succès ; mais au cours de ces précieuses secondes, les soldats l'avaient solidement entravé. C'est à cet instant précis que le croassement du corbeau noir de Lord Orgrim lui avait déchiré les tympans.

À présent, assis dans l'obscurité, sur la terre battue

de la hutte qui leur servait de geôle, il se demandait avec amertume à quoi pouvaient bien servir une épée enchantée et le pouvoir d'un Ripente s'ils ne leur évitaient d'être ligotés comme des faisans.

Il régnait un tapage effroyable dehors ; les éclats de voix se mêlaient au martèlement de pas précipités. Quelqu'un venait. Le prince contracta ses muscles, espérant qu'Elsbeth allait se réveiller.

— Les Gardiens sont chargés de cette affaire. Vous n'avez aucune raison de venir ici.

— Au contraire, affirma une deuxième voix, profonde et rauque, qu'Edmund avait déjà entendue quelque part. Je vous rappelle que mes hommes aussi ont couru après ces criminels. D'ailleurs, je servais déjà le roi quand vous gardiez encore les oies de vos parents. Si ces deux individus constituent une menace pour le royaume, je suis en droit de les rencontrer.

Il y eut un grattement et, soudain, un maigre rayon de soleil entra dans la pièce.

— Mais... ce ne sont que deux garçons !

— Que voulez-vous que j'y fasse, Cathbar ? rétorqua l'autre, sur la défensive. Lord Orgrim affirme que ce sont des meurtriers. L'un d'eux possède une épée. Je ne peux pas vous laisser entrer !

— Essayez donc de m'arrêter. Je vous promets que je vous le ferai regretter.

La lourde porte s'ouvrit à la volée et Cathbar apparut sur le seuil, une torche à la main. Il claqua le battant, tandis que le Gardien s'éloignait en hâte.

— Il sera de retour dans un instant avec plusieurs de ses compagnons, déclara Cathbar. (À la lueur de la flamme, son visage semblait ridé et dur. Ses yeux caves fixaient froidement Edmund.) Ensuite, ils me jetteront dehors. Auparavant, j'aimerais échanger un mot ou deux avec toi. À vrai dire, tu ne corresponds pas exactement à ce à quoi je m'attendais.

— Je vous parlerai volontiers. Mais d'abord, j'ai besoin de votre aide. Mon ami est blessé.

— Non, ça va, dit Elsbeth dans un souffle.

Un immense soulagement envahit Edmund. Elle bougea faiblement et ses chaînes cliquetèrent.

— Aïe, ma tête ! gémit-elle.

Cathbar l'examina.

— Vous n'avez pas des têtes d'assassins, ni l'un ni l'autre. On prétend pourtant que vous avez pénétré dans la ville avec des armes et que vous avez attaqué les Gardiens. Alors, qu'avez-vous à dire pour votre défense ? Que fabriquez-vous ici ? Répondez-moi.

— Non, répliqua fermement Edmund. D'abord, dites-nous ce que les Gardiens ont l'intention de nous faire.

— Ça, mon garçon, je l'ignore autant que toi. Je sais seulement qu'à la demande de Lord Orgrim, un procès se tiendra demain au Palais des conseillers – ce grand bâtiment que vous avez vu sur la place, où le roi débat avec son Conseil. Je suppose que ce procès est le vôtre et que vous serez accusés de complot contre le roi.

Un silence de mort s'installa dans le cachot. Edmund sentit son cœur s'arrêter.

— Je ne vous mentirai pas, poursuivit Cathbar. Innocents ou coupables, je ne peux pas grand-chose pour vous. Mais si vous êtes venus à Venta pour une bonne raison, faites-m'en part et je veillerai à ce que la cour l'apprenne.

— Nous n'avions aucune raison particulière d'entrer dans Venta. Nous voyageons vers l'est pour rentrer chez nous et nous sommes passés par ici, voilà tout.

— C'est de ma faute, soupira Elsbeth. J'ai insisté pour visiter la cité, par curiosité. J'aurais mieux fait de suivre les recommandations d'Aagard.

— Quel nom as-tu prononcé ? souffla Cathbar.

— Aagard, répéta Edmund. Un vieil homme qui nous a secourus après le naufrage de notre navire.

— Décrivez-le moi, insista le capitaine, une pointe d'excitation dans la voix. Il est impossible que deux hommes portent ce nom-là..., marmonna-t-il tout bas.

— Grand, avec une barbe blanche et des yeux très sombres. C'est un savant et un guérisseur. Il appartenait autrefois au Conseil du roi. Il portait une robe rouge...

— Oh, oui, je l'ai croisé bien souvent au Palais ! Quoique, à l'époque, sa barbe était à peine striée de gris. Où l'avez-vous quitté ? Comment va-t-il ?

Edmund raconta brièvement le début de leur voyage.

— Aagard a eu vent d'un grave incident survenu dans un village que nous avions traversé. Il y est retourné afin d'aider les habitants à se défendre contre une attaque, tandis que nous avons continué notre route.

Cathbar resta muet un moment.

— Je vous crois, finit-il par lâcher. Aagard vous a-t-il expliqué pourquoi il avait quitté le Wessex ? (Il lut la réponse sur le visage d'Edmund.) Je me souviens de cette funeste journée, quand Orgrim a accusé six des membres du Conseil de trahison. Je savais qu'Aagard ne comploterait jamais contre son suzerain. Alors, poursuivit-il d'une voix si basse que le prince l'entendait à peine, lorsque j'ai reçu l'ordre d'arrêter Aagard et Thrimgar, je les ai laissés partir et j'ai dit au roi qu'ils s'étaient évadés.

— Qu'est-il advenu des autres ? Se sont-ils échappés, eux aussi ?

— Pendus, jusqu'au dernier. (Il se redressa et leur tourna le dos.) Orgrim a fait exécuter bon nombre d'hommes loyaux. Et maintenant, faire juger deux gamins... Non, cette fois, le roi devra entendre raison.

Edmund étudia le visage sombre du capitaine.

— Vous savez que je ne suis pas armé, murmura-t-il. Accepteriez-vous de me détacher les mains ? Je voudrais vous montrer quelque chose.

Cathbar le regarda droit dans les yeux, puis il sortit son couteau et tailla les liens qui enserraient les poignets du garçon. Edmund plongea les mains dans les plis de sa cape et dévoila sa broche.

— Jamais nous ne comploterions contre votre roi. Je suis le fils de Heored, roi de Sussex, ami de Beotrich. Si vous lui donnez ceci, je pense qu'il consentira à nous écouter.

Cathbar fixa l'oiseau d'argent, sous le choc. Puis il recula et secoua la tête.

— Range ce bijou. Oui, je le reconnais, et si tu es aussi raisonnable que ton père, tu ne l'offriras plus jamais à un homme que tu viens à peine de rencontrer, quand bien même celui-ci ne voudrait que ton bien. Je porterai néanmoins ton message au roi. Peut-être que même Orgrim y réfléchira à deux fois avant d'offenser le Sussex. Mais ne te fais pas trop d'illusion : son influence sur notre souverain est absolue.

Le vacarme reprit à l'extérieur. Cathbar les quitta sans un mot de plus, verrouillant la porte derrière lui. Edmund s'empressa de cacher le fermoir d'argent dans ses vêtements, enroula la corde autour de ses poignets comme il put et s'appuya mollement sur Elsbeth.

— Cathbar !

Le garçon frémit en reconnaissant la voix du cavalier de la veille.

— Tu as désobéi à mes ordres.

— En effet. Après avoir pourchassé ces espions aux quatre coins du royaume, j'ai estimé que j'avais le droit de leur parler.

— Je vois... Et que t'ont-ils dit ?

Une sueur froide couvrit le corps d'Edmund. Cathbar était-il un homme de confiance ? Le moment était venu de le savoir.

— Absolument rien, rétorqua le capitaine avec mépris. Je crains que vous n'ayez fait erreur. Ce ne sont que des gosses !

La scène qui avait eu lieu quelques minutes plus tôt se reproduisit : bruits de pas lourds, grattement à la porte, apparition d'un mince rai de soleil à travers le guichet. Edmund retint sa respiration. Mais le curieux dut être satisfait, car personne n'entra. Au bout d'un moment, les bottes s'éloignèrent.

— Comment va ta tête ? murmura Edmund.

— Mieux, je crois, répondit Elsbeth.

Il parvint à desserrer un peu la corde qui les liait par la taille et ils se traînèrent jusqu'à la paroi pour s'y reposer. Un faible clair de lune s'infiltrait dans la cellule à travers les interstices des rondins et sous la porte. Il n'y avait rien à voir à l'intérieur – ni lit ni chaise.

Comme Elsbeth gardait la tête obstinément tournée, le garçon se pencha et entrevit son visage grimaçant de détresse.

— Tout est ma faute. Je ne t'ai pas écouté. Pardonne-moi, Edmund.

— Moi aussi, j'avais envie de venir, tu sais. Et mon père est vraiment un allié du roi Beotrich. Si ce capitaine transmet mon message, nous ne courons aucun danger.

Son assurance n'était qu'une façade, mais l'effet fut immédiat sur son amie.

— Il t'a cru, en tout cas. N'oublions pas que c'est lui qui a permis à Aagard de s'enfuir. Je pense qu'il tiendra parole.

— Contrairement à Cluaran, pesta Edmund. Tu lui as sauvé la vie et voilà comment il te remercie !

— Aagard nous avait bien dit de nous méfier de lui. Et il se comporte bizarrement depuis le début.

— De là à nous trahir en nous abandonnant lâchement ! Elsbeth... Et s'il nous avait tendu un piège ? Il devait se douter qu'on le suivrait.

— Non. C'est l'épée qui nous a vendus. Elle est apparue sans que je lui demande rien. Cluaran ne pouvait pas le deviner. (Sa voix se brisa.) N'est-ce pas ?

Elsbeth était déjà réveillée à l'aube, lorsque les Gardiens vinrent les chercher. Elle avait à peine fermé l'œil de la nuit. Ses bras étaient courbaturés à cause des fers et son esprit en ébullition ne lui avait laissé aucun répit.

La porte s'ouvrit avec fracas. Deux silhouettes en robes sombres l'obligèrent à se lever sans ménagement. Edmund reçut le même traitement.

— Faites attention, espèces de maladroits ! grogna-t-il.

Elsbeth sourit. Il n'était pas du genre à se laisser intimider par quelques juges.

Ils furent directement conduits à l'intérieur du Palais des conseillers. Ses plafonds étaient aussi hauts que l'église et ses murs de pierre créaient un effet d'écho troublant. Deux rangées de colonnes ornaient la pièce dans le sens de la longueur. Edmund et Elsbeth remontèrent l'allée centrale, entre les bancs vides, jusqu'à une estrade où sept hommes étaient installés dans de splendides fauteuils sculptés. Les Gardiens forcèrent les adolescents à s'agenouiller devant eux.

La cour les examina en silence, avec une certaine stupéfaction. L'effet de surprise passé, le juge assis au centre se leva. Il paraissait à peine plus vieux que le père d'Elsbeth. Sa chevelure blonde et lisse lui tombait jusqu'aux épaules, et son teint était blafard, comme s'il ne voyait jamais le jour. Il portait une riche robe attachée par une broche en forme d'épée, ainsi qu'un fin bandeau doré au front. « Ce doit être Beotrich, pensa la jeune fille. L'homme le plus puissant des royaumes du Sud. » Edmund leva le menton et esquissa un mouvement pour se redresser, mais le garde le cogna si brutalement qu'il s'écroula la tête la première.

— Où est Orgrim ? tonna le roi. Où se trouve mon premier conseiller ? S'agit-il là des deux espions dont on m'a parlé ?

Des pas mesurés résonnèrent au fond de la salle. Elsbeth sentit sa paume droite picoter. Elle ferma les yeux et commanda à l'épée de se tenir tranquille. Avec les poings liés, elle serait incapable de la dissimuler. Elle devait à tout prix éviter qu'Orgrim sache que l'objet tant convoité était à portée de sa main.

Du coin de l'œil, elle aperçut une silhouette longiligne vêtue de la robe rouge des conseillers du roi. Une capuche doublée de fourrure masquait le visage de l'homme. Il s'immobilisa à sa hauteur, face à son suzerain, et prit la parole. Ses intonations froides et autoritaires lui remémorèrent aussitôt leur brève halte, près du lac, ce jour où ils avaient dû se dérober à la vue des soldats de Cathbar. Nul doute : voilà le monstre qui avait mis trois royaumes à feu et à sang pour les retrouver. Orgrim.

— Messeigneurs, ces deux prisonniers ont été arrêtés alors qu'ils essayaient de pénétrer dans la Grande Salle avec une arme. Leur complice s'est échappé, mais les Gardiens sont sur sa piste. J'ai mis en place une garde renforcée autour du roi et du Conseil jusqu'à sa capture.

Un bourdonnement emplit la pièce tandis que les conseillers discutaient avec animation sur l'estrade. Beotrich fronça les sourcils et crispa les poings sur les bras sculptés de son fauteuil ; ses articulations blanchirent.

— Une fois de plus, Orgrim, vous vous occupez de ma sécurité avec zèle et je vous en suis reconnaissant. Mais quel est ce complot que vous pressentez ? Ne sommes-nous pas en paix avec tous nos voisins ?

— Certes, Sire. Cependant, le traître Aagard est toujours vivant. Ces deux espions ont été vus en sa compagnie.

Des éclats de voix retentirent soudain près de la porte.

— Puisque je vous dis que je dois être entendu, maintenant ! hurlait Cathbar aux soldats qui tentaient de lui barrer l'entrée.

Elsbeth nota que le monarque chancela en regardant son capitaine faire irruption dans la salle. Ce dernier s'arrêta à côté d'Edmund, hors d'haleine.

— Pardonnez-moi, Sire, mais cela ne peut pas attendre. Ces histoires d'espionnage et de complot ont peut-être une part de vérité, je ne puis prouver le contraire. En revanche, je sais que ces deux enfants ne sont aucunement coupables. (Il posa la main sur l'épaule d'Edmund.) Ce garçon est le fils de votre vieil ami Heored de Sussex. Il m'en a fourni la preuve. Je vous supplie de bien vouloir écouter sa version des faits. Vous ne condamneriez pas un prince sans lui avoir accordé audience ?

Edmund se leva d'un bond, des flammes dans les yeux. Il tira de son col l'oiseau d'argent et le brandit entre ses deux mains liées.

— C'est la vérité ! Je suis Edmund de Sussex et je proclame, en mon nom et en celui de mon père, l'amitié indéfectible de ma famille à l'égard du roi Beotrich.

Sur un signal presque imperceptible d'Orgrim, deux Gardiens dégainèrent leur dague et immobilisèrent Cathbar, pendant que le roi s'avançait au bord de l'estrade pour examiner le garçon.

— Il a en effet un air de famille avec Heored, dit-il d'un ton songeur. Orgrim, peut-être y a-t-il erreur...

— Non ! rugit le premier conseiller. Je vois à travers ses yeux et je sais ce qu'il pense !

Avant qu'Edmund ne proteste, Orgrim poursuivit implacablement :

— Un prince, aussi bien qu'un manant, peut trahir et espionner – et à plus forte raison, encore ! Qui serait le mieux placé pour occuper votre royaume après votre mort, Sire ?

Beotrich allait à son tour contester, mais il ne lui en laissa pas le temps.

— Qu'ils nous expliquent pourquoi ils sont tous deux déguisés ! Ce garçon a teint sa peau et ses cheveux ! Quant à *ceci*, lâcha-t-il en désignant Elsbeth avec mépris, c'est une fille, scandaleusement travestie en garçon !

Elsbeth crut que sa main allait prendre feu tant elle la brûlait. « Non, implora-t-elle, tu ne dois pas te montrer maintenant. »

« Si, il le faut ! »

Lorsqu'Orgrim la prit par les épaules, un tressaillement la parcourut et la lame de cristal jaillit. Un filet de sang coulait de son poignet.

Le conseiller recula d'un bond.

— Elle n'est pas seulement une traîtresse, mais une sorcière ! siffla-t-il.

— Non ! hurla Edmund. Elsbeth n'est ni une sorcière ni une espionne !

La jeune fille aurait préféré qu'il se taise. Il était inutile de plaider son innocence à présent. Toutefois, les paroles du garçon se perdirent dans l'immensité de la salle ; sourds à ses cris, bouche bée, les membres du Conseil fixaient l'épée flamboyante et la main gantée d'argent d'Elsbeth.

— En prenant sa défense, tu viens de te condamner toi-même ! gronda Orgrim. Quel est votre verdict, Sire ?

Le roi semblait horrifié.

— Coupables, bien sûr, balbutia-t-il... Je vous laisse le choix de la sentence, Orgrim.

— Non, Sire, vous ne pouvez pas ! s'insurgea Cathbar.

Orgrim l'ignora.

— Que le garçon retourne au cachot dans l'attente de son exécution.

Un murmure confus s'éleva du banc.

— Tout de même, s'indigna un vieil homme d'une voix chevrotante, tuer le fils d'un roi...

— Il est entré en ville sous une fausse identité. Est-ce ainsi que se déroulent les visites de courtoisie ? Nous n'avons pas à redouter les représailles du Sussex. Le roi Heored est en campagne au nord et son retour n'est pas prévu de sitôt. La reine règne en son absence. Est-il concevable qu'une femme conduise seule une offensive contre le puissant Wessex ?

Alors que deux Gardiens s'emparaient des enfants, il précisa :

— Non, pas la sorcière. (Elsbeth perçut sa jubilation cruelle à travers sa voix et son regard hautain.) Elle n'a pas fini de révéler ses secrets... Emmenez-la dans la pièce noire et mettez-la aux fers. Je l'interrogerai moi-même.

Après avoir salué le roi et le Conseil d'une révérence profonde, il quitta la salle d'audience.

La jeune fille observa avec horreur le fil lumineux qui s'effaçait dans sa main. « Pourquoi ne m'as-tu pas aidée ? Maintenant Orgrim sait que tu es ici, est-ce cela que tu voulais ? »

18

Le minuscule cachot lui parut encore plus obscur de jour. Edmund tâta la porte et les murs de bois en quête d'une faille. En vain. La pièce avait été conçue pour emprisonner des hommes bien plus costauds que lui. Même libre de ses mouvements, il ne pouvait rien faire, sinon attendre. On ne viendrait pas le chercher avant le soir. Car si les pendaisons étaient des spectacles publics à Venta, elles ne devaient pas interférer avec les travaux de la journée. En revanche, quel que soit le châtiment qu'Orgrim réservait à Elsbeth, il lui serait infligé en privé.

Edmund ferma les paupières et tenta de s'envoler hors de sa prison afin de glaner quelques informations. Deux gardes faisaient le guet derrière sa porte ; leurs yeux glissaient indifféremment sur des touffes d'herbe rabougrie et sur l'arrière du logis de Beotrich.

Espionner par l'intermédiaire d'une autre créature vivante lui était devenu très aisé. Depuis qu'il avait emprunté le regard du sanglier, Edmund maîtrisait parfaitement la technique. Il voletait d'œil en œil presque sans y penser, tout en contrôlant les mouvements de son propre corps. Cependant, dans cette hutte, son art de Ripente ne lui était d'aucun secours.

Il se demanda pour la centième fois où les Gardiens avaient emmené Elsbeth. Orgrim avait parlé d'une pièce noire. Il promena sa vue aussi loin que possible dans l'espoir de la trouver. Il entrevit quelqu'un qui pilait des haricots sur une table en bois, une femme distribuant du grain à ses poules, un homme en selle – un Gardien à en juger par le poil lustré de sa monture –, un chien errant reniflant un os. Ensuite, il distingua le Palais des conseillers grâce aux yeux d'une dame qui traversait la place à pas pressés. Il s'immisça à l'intérieur de l'édifice et observa un jeune esclave, occupé à jeter des nattes de jonc sur les dalles. Mais il ne repéra aucun escalier ni aucune trappe susceptibles de mener à une geôle, pas plus qu'il n'y avait là de soldats postés pour surveiller un éventuel prisonnier. Où qu'il aille, ce halo blanc et lumineux qui semblait protéger Elsbeth des Ripente demeurait introuvable.

« Est-elle... morte ? » Il écarta cette idée. Orgrim souhaitait l'interroger. Ce dernier avait une nouvelle fois essayé de violer l'esprit d'Edmund au moment où il était entré dans le Palais. Non pas pour voler ses visions, ni deviner ses pensées – seulement pour laisser le garçon apprécier toute sa puissance. Cette intrusion l'avait secoué comme une violente rafale. Le contact d'Orgrim était aussi glacial que le sourire cruel de Torment, aussi effrayant que les tourbillons noirs de la mer en pleine tempête.

Edmund se frotta les tempes. Quelque chose d'autre l'angoissait... Une simple sensation, plus fugace qu'un rêve qui s'efface au petit matin. Il y avait un détail chez Orgrim qui démangeait sa conscience, à la manière d'un minuscule caillou glissé au fond d'une chaussure. Était-ce dans sa façon de se déplacer ? De parler ? Il se représenta la haute silhouette, la robe couleur de sang. Le capuchon l'avait empêché de discerner les traits du Ripente. Pourtant, il ne lui était pas complètement étranger. Bien qu'il répugnât à reconnaître le moindre lien entre lui et cet homme, leur don commun les rapprochait d'une manière plus profonde encore que des liens de parenté, plus forte que l'allégeance à un suzerain mortel.

Un léger grattement à la porte le tira de ses réflexions. Le gibet était-il déjà prêt ? Il lutta pour calmer ses tremblements. Il ne voulait pas passer pour un poltron.

Il entendit un coup. Puis, silence. Il retint son souffle et envoya son esprit enquêter à l'extérieur de la hutte. Il tomba sur une paire d'yeux qui regardaient un Gardien mort, gisant à terre, une flèche en plein cœur. Une lame entra dans son champ de vision et il partagea la frayeur de l'inconnu. « Tu as emprunté les yeux d'une créature sur le point de mourir ! Cela aurait pu te rendre aveugle – à jamais ! » Terrifié, il revint à lui si vite que les murs de la hutte se mirent à danser devant ses yeux. Il tituba. C'est alors que la porte s'ouvrit en grand et que Cluaran apparut.

Le ménestrel traîna le cadavre à l'intérieur et fit signe à Edmund de l'aider à porter le second. Ensuite, il confia l'arc et le carquois du garde au garçon, et jeta un coup d'œil au-dehors.

— La voie est libre, murmura-t-il. Allons-y !

Après avoir verrouillé la porte derrière eux, il détala à toutes jambes, Edmund sur ses talons. Ils contournèrent les beaux manoirs à pignons des riches habitants, où des esclaves balayaient et portaient des seaux d'eau, et se dirigèrent vers les quartiers pauvres. C'était l'après-midi ; les rues étaient envahies par les marchands. Les femmes agitaient leurs paniers pleins à ras bord de belles miches de pain tandis que les hommes poussaient des brouettes chargées de tonnelets.

Cluaran se faufila à l'intérieur d'une grange, où Edmund s'effondra contre une meule de foin moisi, à bout de souffle.

— Comment m'avez-vous retrouvé ? Les Gardiens d'Orgrim vous cherchent partout.

Le ménestrel afficha un large sourire.

— Ils sont faciles à semer. Figure-toi qu'ils sont en ce moment même en train de me traquer dans un poulailler à l'autre bout de la ville. Les plumes doivent voler !

Edmund le dévisagea, stupéfait. L'idée d'être pourchassé par des tueurs sanguinaires semblait l'amuser !

— Nous devons retrouver Elsbeth. Orgrim l'a emmenée.

Cluaran perdit sa bonne humeur pendant qu'Edmund lui racontait le déroulement du procès.

— Quelle jeune idiote ! marmonna-t-il. Pourquoi n'a-t-elle pas utilisé l'épée ?

— Si elle ne s'en était pas servie quand les Gardiens vous ont arrêté sur la place, répliqua Edmund, furieux, elle serait libre à l'heure qu'il est !

— C'est vrai. Alors il est de mon devoir de les libérer.

Le prince plissa le front. « *Les* libérer ? » Considérait-il l'épée comme une personne ?

Le ménestrel se mit à faire les cent pas dans la grange.

— Je connais bien la cité, mais je n'ai jamais entendu parler d'une pièce noire.

Soudain, il se dressa devant Edmund.

— Tu ne peux pas regarder à travers les yeux d'Elsbeth – l'épée ne le permettra pas. En revanche, tu peux emprunter le regard d'Orgrim, n'est-ce pas ? Ne dis rien ! Je sais que l'exercice est très difficile entre Ripente. Mais tu es plus puissant que la plupart des Ripente. Veux-tu essayer ?

Les images de la tempête déferlèrent dans la tête d'Edmund. Il se revit en train de chuter, pris entre Torment et la mer vorace. Non ! Pas les yeux d'Orgrim. Il préférait cent fois fouiller chaque cervelle de Venta – homme, cheval, chien, chat, lézard ou même rat. Tout, sauf s'introduire dans cet esprit malfaisant...

Cluaran lui prit soudain les bras et le serra comme un étau. Cette pression écrasante rappela une autre scène à Edmund : le rêve qu'il avait eu après leur chevauchée à travers le labyrinthe. La silhouette encapuchonnée, Elsbeth enchaînée à une machine monstrueuse, la lame du couteau... Après l'incident de Medwel, il s'était juré de ne plus ignorer ses visions.

— D'accord, souffla-t-il.

Pendant que Cluaran faisait le guet, Edmund vida son esprit, très lentement, et chercha Orgrim. « Que se passera-t-il quand il se rendra compte que j'utilise ses yeux ? » se demandait-il. Mais le souvenir d'Elsbeth attachée à l'instrument de torture lui donnait du courage. Il navigua parmi les consciences des citoyens de Venta, qui se déroulaient devant lui comme un tapis de soie.

Dès qu'il rencontra l'enveloppe froide et métallique des pensées d'Orgrim, son corps se contracta. Il prit une profonde inspiration, plongea et regarda à travers les yeux du Ripente. Une pièce aux murs de pierre, basse de plafond, carrée et très sombre, lui apparut. Des torches brûlaient et leur fumée noircissait les cloisons. Dans un coin, des braises chauffaient dans un récipient de métal posé sur un trépied. La porte était petite et aucun rai de lumière ne filtrait – ni dessous, ni dessus, ni sur le côté. Des étagères grossièrement taillées étaient superposées sur un mur. Elles supportaient une rangée de livres, un tas de couteaux, de pointes de fer, de sangles, ainsi que d'autres instruments qu'Edmund était incapable de nommer. Ensuite, il aperçut un perchoir sur lequel se tenait un grand oiseau noir, parfaitement immobile. Orgrim s'approcha d'une étagère et choisit un couteau. Sa longue lame jetait des reflets rouges à la lueur des torches. Il se retourna...

À cet instant, Edmund sut exactement ce qu'il s'apprêtait à voir. Son instinct lui hurlait de s'en aller, mais sa raison le conjurait de se tenir tranquille, sous peine de trahir sa présence. Là, dans l'ombre, se déployait l'horrible machine de son cauchemar : une longue planche garnie de sangles avec, au-dessus, des cordes pendues à une poutre du plafond. Et, solidement attachée dans un châssis en fer à hauteur d'homme, se trouvait Elsbeth – biche prise au piège du traqueur.

Un collier de fer lui enserrait le cou. Deux bandes de métal bloquaient ses poignets le long de son corps, tandis que deux autres lui coinçaient les chevilles. Elle paraissait évanouie, mais à l'approche d'Orgrim, elle battit des cils. L'épée de cristal surgit dans son poing ganté, jetant des éclairs aussi menaçants que vains. Sa bouche s'ouvrit dans un cri silencieux.

Orgrim prononça des mots qu'Edmund ne put entendre. Elsbeth lui jeta un regard noir. « Elle est si courageuse ! pensa-t-il avec tristesse. Malheureusement, toute la bravoure du monde ne suffira plus à la sauver. »

Une voix lointaine lui parvint :

— Edmund, que vois-tu ?

Il avait oublié Cluaran. Comment guider le ménestrel jusqu'au Ripente ? Il n'avait découvert aucun indice sur l'emplacement de la pièce noire.

— Elle est dans un endroit très sombre... éclairé par des torches. Peut-être sous terre ? Mais je n'ai repéré ni échelle ni escalier...

Il s'arrêta : Orgrim venait d'arracher la manche droite d'Elsbeth et appuyait la pointe de son couteau sur sa peau. Les prunelles de la jeune fille se dilatèrent de douleur.

— Il lui fait mal ! cria-t-il.

— Dis-moi ce que tu vois d'autre, ordonna Cluaran.

— Le sol est inégal... le plafond également. Il y a un pilier pour le soutenir.

Elsbeth hurla. Edmund grimaça mais poursuivit :

— Les cloisons sont en pierre. Non... attendez...

Derrière la machine, le mur ressemblait à la paroi d'une grotte. Et plus loin, le pilier était fiché dans... de la terre ?

— C'est une grotte ! Ou un abri construit dans le flanc d'une colline.

— L'abri de l'ermite ! s'écria Cluaran. Il jouxte l'enceinte de la ville, au nord-est.

Une seconde plus tard, le ménestrel avait déjà disparu. Edmund aurait dû le suivre, mais il ne pouvait se résoudre à quitter Elsbeth des yeux. Le sang coulait sur son bras. Elle suait à grosses gouttes, les paupières mi-closes et les joues aussi blanches et diaphanes que l'épée. Les mains d'Orgrim, dégoulinantes de sang, faisaient des gestes compliqués autour de la lame. Le cristal semblait palpiter au rythme de ses doigts souples.

Tapi dans l'esprit du sorcier, Edmund devinait ses intentions. D'abord, il lui arracherait l'épée. Ensuite, elle mourrait. Le prince laissa exploser sa rage – et subitement, Orgrim interrompit ses incantations. « Bienvenue, cher petit. » Il lutta de toutes ses forces pour rouvrir les yeux, avant de se rendre à l'évidence : il était coupé de son corps, prisonnier de la scène qui se déroulait devant lui.

« Tu as eu tort de te mêler de ce qui ne te regardait pas. Qu'espérais-tu ? »

« Laissez-la tranquille ! »

Le Ripente ricana. « Pars maintenant. Je m'occuperai de toi plus tard, jeune Aile-de-Neige. »

La brutalité du choc le projeta au sol. Il se retrouva

face contre terre dans la grange, du foin plein la bouche.

Elsbeth chavirait dans un océan rouge sang où tout n'était que douleur. Ses nerfs étaient à vif, ses membres immobilisés l'élançaient et les plaies sur son bras droit cuisaient comme si on la brûlait vive. Les entailles, pourtant peu profondes, dessinaient un étrange motif.

Au début, chaque coup de couteau s'accompagnait d'une question : « Quel est le nom de l'épée ? », « Comment l'as-tu trouvée ? » Finalement, l'interrogatoire s'acheva et une seule exigence demeura : « Renonce à l'épée et tu auras la vie sauve. » Avant que la souffrance ne tarisse jusqu'à la dernière goutte de son énergie, elle avait craché sur Orgrim.

— Découvrez-le par vous-même, puisque vous êtes si fort !

Le beau visage du sorcier était resté impassible. Comprenant que rien ne pourrait l'émouvoir, elle avait fermé la bouche, déterminée à ne pas crier.

Devant sa résolution farouche, il renonça à lui parler et se mit à psalmodier des incantations et à se balancer. L'épée de cristal vibrait en cadence. Chaque nouvelle pulsation arrachait à sa porteuse un peu de sa force vitale. Elle se demanda combien de temps elle pourrait tenir. Si sa peur avait disparu, sa colère était encore bien là. Elle s'était laissée prendre au piège si bêtement !

Le chant prit fin. Elsbeth revint mollement à elle, ouvrit un œil. Le vilebrequin qui enserrait son front envoyait des décharges insupportables le long de sa colonne vertébrale. Orgrim était tombé dans une sorte de transe. Il se parlait à lui-même, les yeux exorbités. Consciente qu'elle n'aurait peut-être pas d'autre occasion, elle concentra ce qui lui restait de volonté dans sa main droite, alors que ses pensées convergeaient vers son père.

Mais elle fut incapable de soulever la lame.

Tandis qu'elle sanglotait, une voix claire et tranchante déferla dans son esprit, tel un torrent impétueux. Elle était ancienne, et vaguement familière, comme si Elsbeth l'entendait dans son cœur depuis toujours.

« Il n'obtiendra pas l'épée de cette façon ! »

Les mots crépitaient, à la manière d'une plaque de glace craquelée à la surface d'un étang gelé.

« Il nous détruira tous les deux. Il n'existe qu'un seul moyen pour le porteur de transmettre l'épée de cristal.

— Lequel ? supplia-t-elle. S'il vous plaît, aidez-moi ! »

— Il faudrait que tu m'abandonnes de ton plein gré. Mais tu ne le veux pas, n'est-ce pas, Elsbeth ? »

Orgrim sortit de son envoûtement et posa son regard cruel sur la jeune fille.

— Vous ne me la prendrez jamais ! hurla-t-elle. Tuez-moi et l'épée disparaîtra. Me torturer ne vous avance à rien. En me mutilant pour obtenir l'épée, vous l'endommagez, elle aussi.

— Tu as raison. Passons à une autre méthode.

Il dénoua les sangles. Ses genoux se dérobèrent sous elle et elle s'effondra au sol. À son grand étonnement, l'épée de cristal lui traversa les jambes sans lui infliger la moindre égratignure.

Pétrifiée, elle attendit la mort.

« Lève-toi ! Lève-toi ! insista l'épée. Tu dois m'aider ! »

Profitant d'un instant où Orgrim, de dos, fouillait parmi ses instruments, elle se redressa prudemment.

— Puisque la force ne sert à rien, consens-tu librement à me la céder ? demanda-t-il, triomphant.

— Ce n'est pas ce que j'ai dit.

Lentement, elle replia ses jambes et se mit debout.

« Frappe, maintenant ! »

Elle brandit la lame et l'abattit sur la tête du Ripente. Pris par surprise, il fut blessé à la tempe. Mais cela ne suffit pas à l'affaiblir. Il bondit vers les braises et plongea la main dans le récipient. Horrifiée, elle le vit sortir une épée, dont la lame bleue rivalisait d'éclat avec la sienne.

— Tu vas regretter ce geste stupide, fillette. Je te tuerai si tu ne me laisses pas le choix.

Les deux épées enchantées se livrèrent un combat sans merci. Elsbeth crut avoir remporté le duel quand Orgrim chancela. En réalité, c'était une feinte. Il tira parti de sa distraction pour lui assener un violent coup sur l'épaule droite. Prise de vertiges, hébétée, elle continua de parer ses assauts en reculant. Dans un dernier effort, elle se plia en avant, trompa la garde du sorcier et l'atteignit à la cuisse. Fou de rage, il empoigna l'épaule blessée de la jeune fille et la projeta au sol. Des étoiles se mirent à danser devant ses yeux. Elle ne vit plus qu'un éclair bleu.

19

Edmund était bouleversé. Une seule personne au monde l'appelait « Aile-de-Neige » : son oncle Aelfred. Le fier et beau Aelfred, avec qui autrefois il cueillait des mûres et qui lui confiait ses secrets ; l'ambitieux Aelfred, parti en Gaule parce que le royaume de son beau-frère était trop étriqué pour lui. L'homme qui avait supplié la reine de lui envoyer son neveu dès qu'il serait assez grand pour voyager. Celui en qui sa mère avait placé toute sa confiance pour assurer sa sécurité. Comment son oncle et Orgrim pouvaient-ils être la même personne ? Comment un homme pouvait-il montrer deux visages à ce point opposés ?

Les pensées se bousculaient dans l'esprit du garçon. Peut-être Branwen avait-elle été aveuglée par son amour pour son frère ? Peut-être son père était-il trop souvent absent pour entrevoir la vérité ? « Mais *moi*, j'aurais dû m'en rendre compte ! Les indices étaient là, partout autour de moi ; j'étais seulement trop bête pour les voir. » Il se rappela les regards moqueurs de son oncle lorsqu'il essayait de l'impressionner. Et quand ils jouaient à cache-cache au milieu des ormes, le prince grimpait aux arbres les plus hauts et découvrait les cachettes les plus osées, les plus ingénieuses.

Pourtant, Aelfred le dénichait toujours du premier coup. « Il se servait de mes yeux depuis des années ! Il m'a utilisé pour parfaire ses talents de Ripente. » Ce constat le remplissait d'amertume et de rage.

Il se leva brusquement, fouilla la meule pour récupérer l'arc et le carquois que Cluaran lui avait donnés, et sortit de la grange.

Le ménestrel était parti depuis longtemps. Edmund regarda à droite, puis à gauche. D'où partait la route du nord-est ? Il décida de rejoindre la place, puis de prendre la direction de la porte nord de la ville. Une fois là-bas, il trouverait bien un moyen de s'orienter.

Il courut à perdre haleine, sans se soucier d'attirer l'attention des Gardiens. Il s'en voulait terriblement. Depuis des jours, Elsbeth voyageait avec la seule personne qui pouvait conduire son ennemi jusqu'à elle. Aelfred n'ignorait sûrement pas qu'Edmund serait à bord de l'*Alcyon*. Comme il avait dû jubiler quand le garçon s'était échoué sur la plage, accroché au coffre ! Car ainsi, il pourrait suivre l'épée dans ses moindres déplacements.

Edmund ne tarda pas à faiblir. Il n'arriverait jamais à temps pour délivrer son amie ! D'ailleurs, comment s'y prendrait-il pour affronter Orgrim. Ses flèches ne transperceraient sûrement pas les boucliers enchantés que son oncle n'aurait pas manqué de dresser autour de lui. Puis il eut une révélation, aussi limpide que la lame de cristal : pourquoi se servir d'une arme quand il pouvait le combattre de l'intérieur ?

Il ralentit le pas, ferma les paupières et traqua sa proie. Il ne fut pas long à déceler la présence maléfique d'Orgrim. Toutefois, une sorte de barrière protégeait ses pensées. « Il ne m'arrêtera pas ! Cluaran avait raison. Je ne laisserai pas Elsbeth mourir si j'ai la moindre chance de la sauver. Orgrim peut bien tenter de m'écarter de son esprit, je les retrouverai ! »

La lame tomba comme un couperet sur son poignet droit. Elsbeth retint son souffle, mais l'épée rebondit sur le gantelet d'argent.

— Il te protège, marmonna Orgrim avec stupeur.

Il tira le trépied qui supportait les charbons ardents et s'en servit pour bloquer les jambes de la jeune fille. Des braises s'envolèrent, formant un cercle autour d'elle et brûlant ses genoux. Orgrim posa son talon sur son coude droit et appuya de tout son poids.

— Alors, essayons ceci...

Il arrêta soudain son geste. En le voyant grimacer de rage et fulminer dans une langue inconnue, l'espoir se ralluma dans le cœur d'Elsbeth.

— Edmund ! murmura-t-elle.

Furieux, le Ripente accentua la pression sur son bras. Elle se mordit la lèvre pour ne pas crier. Elle ne sentait même plus le pommeau brûlant entre ses doigts.

— Comment peut-il faire cela ? grinça Orgrim. Un garçon !

Il émit un sifflement grave et aussitôt, le grand oiseau noir sembla prendre vie. Il descendit de son perchoir et se posa sur l'épaule de son maître.

— Trouve-le, ordonna Orgrim.

Et le sorcier se dirigea vers la lourde porte qu'il entrebâilla. Il regarda l'animal s'éloigner.

— J'imagine que tu es prête à me donner l'épée à présent, dit-il à la jeune fille.

Le cœur d'Elsbeth s'était arrêté de battre. Quel sort l'oiseau réservait-il à Edmund ? Perdrait-elle jusqu'à son dernier ami sur terre ?

« Il te reste une amie, Elsbeth ; moi, je ne t'abandonnerai jamais. »

— Le jeune blondin vole à ton secours, l'informa Orgrim. T'ai-je déjà raconté que je le connaissais bien quand il était petit ?

Elle le fixa, incrédule.

— Comment est-ce possible ? demanda-t-elle d'une voix rauque.

La lèvre supérieure du Ripente se retroussa et il afficha un rictus moqueur.

— Edmund est mon neveu. Cet imbécile s'est toujours montré d'une loyauté sans faille. Il ne te laissera pas mourir ici toute seule. Ce qui m'arrange, dans le fond, car il a un dernier service à me rendre avant d'aller retrouver ses dieux.

Le cri étouffé d'Elsbeth le fit rire aux éclats.

— Tu ne me refuseras plus l'épée quand il sera sous le vilebrequin à ta place, n'est-ce pas ?

Il la traîna par les poignets jusqu'au mur où étaient fixées les chaînes.

— Tiens, fit-il soudain, l'air absent, le voilà qui arrive justement.

L'espace d'un instant, Edmund avait réussi à percer les défenses du sorcier. Les torches brûlaient faiblement, dégageant des volutes de fumée. Elsbeth gisait au sol, une lame bleue suspendue au-dessus de sa poitrine.

« Non ! » hurla le garçon. Des tentacules glacés assaillirent son esprit, s'acharnant à le repousser. Il s'accrocha farouchement. La pièce tournoyait devant ses yeux. Puis il eut la sensation d'être foudroyé. Il tomba à genoux juste devant la Porte Nord.

Il se releva péniblement en ressassant son échec. Des larmes de rage embuaient ses yeux. Il les essuya à temps pour voir un oiseau noir fondre sur lui. Le corbeau d'Orgrim ! L'espion idéal, qui emportait avec lui le regard de son maître, jusque dans les moindres recoins du royaume. À la vue de ses ailes déployées, une colère froide monta en lui. « Non, je ne te laisserai pas contempler le spectacle de mon infortune. »

Il arma son arc et tira.

Orgrim poussa un cri perçant. Titubant, il lâcha Elsbeth et se prit la tête à deux mains.

— Pourquoi ce noir ? Où sont mes yeux ?

Ses prunelles sombres regardaient dans le vide et son visage était blême d'effroi. La jeune fille hésita, mais elle se rendit bientôt aux injonctions de l'épée. Elle n'eut qu'un geste à faire. Blessé, le Ripente recula et chuta lourdement.

Tremblante de douleur et d'épuisement, elle levait son arme pour donner le coup fatal quand, soudain, la porte s'ouvrit. Cluaran apparut sur le seuil.

— Frappe, petite ! L'épée a été conçue pour cela, Elsbeth, c'est son destin !

Mais la décision de tuer Orgrim ou de l'épargner

lui appartenait à elle seule. Elle secoua la tête et baissa le bras.

— Et *mon* destin dans tout cela ?

L'éclat du cristal diminua à mesure qu'elle s'éloignait du sorcier. Pourtant, elle crut entendre un léger murmure au creux de son oreille :

« Cluaran ! Je suis revenue ! »

Le faible croassement de l'oiseau agonisant résonnait encore dans la tête d'Edmund alors qu'il courait vers l'abri de l'ermite. Il franchit l'enceinte de la ville. Les maisons cédèrent la place à des pâtures. Une pente raide couverte d'éboulis se présenta à lui. Il progressa avec prudence sur les rochers glissants. Au loin la silhouette de Cluaran se détacha pendant quelques secondes, avant de disparaître.

Edmund jura. Comment allait-il trouver l'entrée de la grotte maintenant ? Pour couronner le tout, il était suivi. Malgré les battements assourdissants de son cœur, il entendait nettement des bruits de pas derrière lui. Il fit volte-face, prêt à en découdre, et découvrit le profil imposant du capitaine Cathbar.

— Ne t'inquiète pas ! cria ce dernier, essoufflé. Je ne suis pas venu pour te ramener au cachot. Dis-moi : ce gars maigre là-bas, c'est un compagnon à toi ? Ne serait-ce pas celui qui a filé entre les mains des Gardiens, par hasard ? Il est aussi rusé que rapide. On le cherche partout au sud de la ville. Apparemment, j'ai eu raison de penser qu'il serait plutôt parti sur les traces de la fille.

— Il n'a rien fait de mal...

— Je te crois volontiers. Les Gardiens ont la

fâcheuse habitude de s'en prendre à des boucs émissaires et j'en ai assez de voir pendre des hommes honnêtes. Mais je voudrais lui parler. Il a été repéré alors qu'il sortait des appartements d'Orgrim au Palais. Il l'espionne, et tous les renseignements dont il dispose sur cette vipère m'intéressent.

— Alors, suivez-moi ! lança Edmund en repartant à l'assaut de la colline.

Il avait déjà gravi une bonne partie de la pente caillouteuse lorsqu'il avisa un mur de pierre. L'abri était ingénieusement bâti sous une corniche naturelle – un camouflage parfait. Cluaran se tenait immobile dans l'encadrement de la porte. Il s'écarta pour laisser passer Elsbeth, qui sortit en chancelant. Son épée traînait au sol, presque imperceptible dans la lumière du soleil couchant. Du sang coulait sur le gantelet d'argent.

Edmund se précipita vers elle et la prit dans ses bras avant qu'elle ne s'effondre.

— Que s'est-il passé ? Que t'a-t-il fait ?

— Il a fermé les yeux en criant qu'il était aveuglé, chuchota-t-elle. Il avait envoyé son corbeau après toi.

— Je l'ai abattu, lâcha-t-il sèchement.

Il revit les prunelles noires de l'oiseau qui le dévisageaient à travers le feuillage, tant d'années auparavant.

— Si j'avais su que c'était un espion, je l'aurais tué plus tôt, marmonna-t-il. Oh, ton bras !

Le sang avait séché et les entailles révélaient à présent une étrange spirale, qui se terminait en une sorte de fourche en dents de scie. Elle détourna le regard.

— Ça ne me fait pas trop mal, assura-t-elle d'un

ton morne, en notant les mines horrifiées d'Edmund et de Cathbar. Orgrim a tenté de m'arracher l'épée par la sorcellerie.

— Le même symbole est gravé sur son bras, cria Cluaran depuis le seuil de l'abri.

L'éclat malicieux qui brillait d'ordinaire dans ses yeux avait disparu. Il semblait las et bouleversé. Il tenait son coude replié contre sa poitrine, comme s'il cachait quelque chose dans les plis de sa tunique. En fixant les adolescents avec intensité, il ajouta :

— Vous m'avez tous deux rendu un immense service et vous méritez d'en savoir davantage. Venez à l'intérieur... Vous aussi, Cathbar.

Edmund pénétra dans la cellule. Une fois habitué à l'obscurité, il balaya la salle du regard et son aspect familier le troubla. Il frémit et se rapprocha d'Elsbeth. C'est alors qu'il aperçut une masse informe à ses pieds. Orgrim était recroquevillé, sa robe déchirée et ses mains attachées dans le dos. Il gémissait en secouant le crâne, semblant chercher une issue dans les ténèbres où il était plongé.

— Vous l'avez ligoté ! s'exclama Cathbar.

— Oui, avec ses propres chaînes. Même aveugle et désarmé, il peut être redoutable. Je crains d'ailleurs que son œuvre maléfique ne puisse être réparée.

— Que voulez-vous dire ? Nous étions nombreux à le suspecter de nourrir de sombres desseins, mais vous n'arriverez jamais à en convaincre le roi.

— Je n'ai pas encore mesuré l'étendue des méfaits qu'il a commis. Toutefois, si vous cherchez des preuves de la noirceur de son âme, il n'y a qu'à regarder autour de vous.

Le capitaine inspecta la grotte, de l'instrument de torture aux livres de magie noire posés sur l'étagère.

— Vous avez raison, nous le tenons enfin.

Le ménestrel fourra subrepticement un petit objet enveloppé dans de la toile de jute au fond de son sac. Puis il resta penché un moment. Son visage était livide. Il prononça ensuite quelques mots d'une voix très douce, comme s'il s'adressait à quelqu'un qui n'était pas là :

— Je l'ai retrouvé ! Mais j'ai failli arriver trop tard pour la sauver, elle. Je suis désolé.

Cathbar toussota et Cluaran se redressa en sursaut. Il referma son sac précipitamment, avant de se diriger vers une large pierre saillant au mur, sur laquelle étaient alignés des ouvrages. Elsbeth et Cathbar le suivirent, tandis qu'Edmund gardait les yeux rivés sur la silhouette enchaînée au sol. Son visage, autrefois plein de morgue, n'était plus qu'un masque pâle et inexpressif. Timidement, le garçon essaya les yeux du sorcier et sombra dans un trou noir – sa volonté elle-même paraissait anéantie. Son oncle, le frère chéri de sa mère, était réduit à l'état de coquille vide.

— Aelfred, murmura-t-il.

Celui-ci se détourna. Au bord des larmes, Edmund rejoignit les autres.

— C'est à cause de celui-ci que tout a commencé, expliquait Cluaran. (Il désigna un volume épais, relié de cuir noir ; l'âge l'avait verdi et ses bords étaient piqués.) Voici le livre de nécromancie qu'Orgrim a volé au Conseil.

— Aagard nous a raconté que ce livre contenait des sortilèges capables d'attirer des dragons, dit Elsbeth.

— Des dragons, oui – mais pas seulement.

Il fit courir un doigt le long de la reliure, puis le retira vivement, comme s'il s'était brûlé. Il glissa une main à l'extérieur de sa cape et tira le livre de l'étagère. Un autre ouvrage, plus petit, vint avec. Il paraissait moins vieux, et moins précieux aussi. En réalité, il s'agissait plutôt d'une liasse de pages rigides cousues ensemble. Cluaran les enveloppa dans sa cape.

— J'ai autre chose à vous montrer, mais pas ici.

Avant de sortir, Edmund jeta un dernier coup d'œil à son oncle. Un son faible émanait de lui. Cherchait-il son souffle ? Il s'agenouilla à ses côtés, se pencha tout près pour lui dire un mot, puis recula, horrifié. Orgrim riait.

— Ce livre contient des sorts pour invoquer certaines créatures. Les charmes de cette nature sont dangereux, même sur la page. Ne t'approche pas trop, Edmund.

Le prince avait l'air bouleversé. Elsbeth aurait voulu le consoler, cependant le livre effrité retenait toute son attention. Cluaran l'avait posé à plat sur une grande pierre à quelques pas de la grotte. Un nuage de poussière jaillit lorsqu'il l'ouvrit. Elle en examina les pages avec un dégoût mêlé de fascination. Elle ne savait pas lire, mais sous les pattes de mouches minuscules apparaissaient des spirales compliquées, pareilles aux marques qu'Orgrim avait gravées sur son bras. On aurait dit que les motifs se déplaçaient sur le papier.

— Je n'ai jamais aimé les livres, grommela Cathbar. Je vais aller voir si le conseiller accepte de parler.

Tandis qu'il retournait à l'abri d'un pas lourd, Edmund déchiffra par-dessus l'épaule de Cluaran :

— Pour réveiller... Torment – le dragon Torment ?

— En effet, répondit le ménestrel. Tu le connais ?

— Je l'ai aperçu. Pendant la tempête.

Cluaran hocha lentement la tête.

— Torment a une histoire avec l'épée. C'est elle qui l'a emprisonné dans les Glaciers, il y a exactement cent ans. Orgrim a dû croire qu'en invoquant le dragon, il pourrait le contrôler. Dompter un dragon des glaces ! Il vaut mieux être ignorant plutôt que de mal employer le peu de savoir qu'on possède, trancha-t-il d'une voix sévère.

Il referma le tome en le manipulant avec une précaution extrême, puis se tourna vers la liasse de parchemins.

— Et voilà les propres sortilèges d'Orgrim, ceux qu'il a conçus de sa main. Sur les dernières pages... il... il tentait d'invoquer un dieu.

— Mais c'est du blasphème ! s'écria Elsbeth.

— Quel dieu ? demanda Edmund.

— Écoutez-moi bien, soupira-t-il. J'aurais préféré garder ces détails pour moi. Néanmoins, cela vous concerne tous les deux à présent. Je ne fais pas référence au Seigneur que tes moines honorent, ajouta-t-il en regardant avec douceur la mine nerveuse d'Elsbeth, ni à aucune des divinités de ce pays. Non, Orgrim voulait entrer en contact avec l'un des tous premiers maîtres du feu, des eaux et de l'air – un dieu de l'époque où le Wessex et le Sussex n'étaient pas des royaumes, et où les hommes ne peuplaient pas encore cette Terre. (Sa voix se fit plus chantante, comme s'il déclamait un de ses poèmes.) Il existait autrefois un dieu qui voulait régner non seulement sur le monde, mais sur toutes les créatures qui l'habitaient. Il déclara la guerre aux autres dieux afin de s'emparer de leurs pouvoirs, mais il échoua. Furieux, il menaça de détruire tout ce qu'ils avaient créé. Alors ils l'enchaînèrent à une montagne, loin dans le Grand Nord, confinant son esprit dans une région où il ne pourrait causer de dommage. Il s'appelait Loki, le Rusé. Il resta ainsi prisonnier d'un enchantement à l'intérieur d'un puits de lave. Puis les hommes occupèrent la terre et inventèrent de nouveaux dieux – les vôtres, mes enfants. Les divinités anciennes s'éteignirent et moururent. À l'exception de Loki, qui survécut à l'intérieur de sa montagne, gagnant peu à peu en force et en malice. Si bien qu'un jour, il découvrit le moyen de séduire les humains.

— Orgrim, murmura Edmund.

— Non. C'était il y a un siècle, rappelle-toi. Il s'agit d'un autre sorcier au cœur impur. Loki lui promit un pouvoir illimité en échange de sa libération. Le sorcier leva des armées et utilisa ce livre de nécromancie afin d'invoquer des dragons pour accroître sa force.

— Mais les dragons n'existent pas ! lâcha Elsbeth.

— Ce n'est pas parce qu'on ne voit pas quelque chose que cela n'existe pas. Depuis que les mortels les ont vaincus, ils sont restés prisonniers des glaces du Grand Nord. Seule la magie noire peut briser leurs chaînes. Quand ils rejoignirent l'armée du sorcier, une guerre terrible a éclaté. Les ennemis de Loki ont failli la perdre. C'est alors que l'épée de cristal a été forgée.

— Mon épée ? s'exclama Elsbeth, qui regretta aussitôt ses paroles.

— Oui, ton épée. Elle a été conçue pour battre Loki lui-même. Elle est capable de fendre n'importe quoi – chair, métal ou roche. De ce fait, elle est également la seule arme à pouvoir libérer Loki. En forgeant l'épée, nous prenions un risque considérable : terrasser le Rusé à jamais... ou le délivrer en cas d'échec. (Le chagrin assombrit ses traits.) Le premier porteur de l'épée parvint à lui résister et à battre le sorcier, mais à quel prix ! Puis elle a été emmenée dans le Wessex et... vous connaissez la suite.

Le sang d'Elsbeth ne fit qu'un tour.

— Êtes-vous en train de m'expliquer que je vais devoir livrer bataille contre un dieu ?

— Si Loki émerge de nouveau, l'épée de cristal représentera notre unique espoir. Et elle s'est confiée à toi, Elsbeth.

— Vous venez de dire : « *Nous* prenions un risque », intervint Edmund. Auriez-vous joué un rôle dans cette aventure ? Vous avez pourtant précisé qu'elle a eu lieu il y a un siècle...

— Tu as une grave décision à prendre, jeune homme, poursuivit le ménestrel, ignorant sa question. Soit tu aides Elsbeth dans sa quête, soit tu rentres à Noviomagus en espérant que les forces maléfiques déchaînées par Orgrim ne viennent pas jusqu'à toi. Contrairement à Elsbeth, tu as le choix.

« Ce qu'il ne faut pas entendre ! pensa-t-elle, au bord de la nausée. Tous ces discours sur le destin et les dieux... Ai-je l'air d'une héroïne ! »

— Quelle quête ? protesta-t-elle. Orgrim a échoué.

Il n'a pas réussi à obtenir l'épée. Tout est bien qui finit bien.

— Les invocations qu'il a lancées agissent en plusieurs étapes, indiqua Cluaran en levant les yeux vers le sommet de la colline, où Cathbar venait de réapparaître. Je vous en dirai plus à ce sujet... une autre fois.

— Il refuse de parler, rapporta le capitaine. Il n'a pas seulement perdu la vue. J'ai l'impression que son esprit l'a abandonné aussi et, où qu'il soit, je n'irai pas le chercher.

— Aelfred..., murmura Edmund.

Elsbeth prit la main du garçon. Comment le réconforter ? Que ressentait-on lorsqu'on prenait conscience que sa famille accueillait un traître et un sorcier de la pire espèce ? Elle se demanda si elle avait eu raison de lui laisser la vie sauve. Peut-être aurait-il été plus charitable d'épargner à Edmund la honte de voir son oncle aveuglé et rendu fou par ses propres maléfices.

Son poing se mit tout à coup à brûler comme sous l'effet conjugué du feu et de la glace.

« C'était mon destin, Elsbeth ! »

20

La grande place était noire de monde. Le bourdonnement de la foule était tel qu'on se serait cru au beau milieu d'une ruche. Les habitants des quartiers nord-est étaient venus se plaindre d'éclairs bleus suspects et de cris effroyables. Comment le roi et son Conseil comptaient-ils régler ce problème ? Les Gardiens, mal à l'aise, faisaient des rondes autour de la place. Leur autorité fanfaronne de la veille avait entièrement disparu. Même leurs chefs restaient discrets.

Cathbar conduisit les voyageurs jusqu'au Palais, sans se soucier des attroupements qui se formaient sur leur passage. Edmund glana çà et là des bribes de conversation.

— ... entendu un fracas épouvantable en provenance du logis, je vous assure – et des cris aussi, rapportait un vieil homme à son voisin. On raconte qu'il a été assassiné dans son lit, et maintenant...

Les Gardiens en faction aux portes de la salle n'esquissèrent pas le moindre geste pour les arrêter tandis que Cathbar martelait la porte en chêne massif.

— Barrée de l'intérieur, grogna-t-il. Essayons par l'entrée des gardes.

Soudain, des voix furieuses éclatèrent à l'intérieur.

Un verrou racla contre le bois et le battant s'ouvrit à la volée. Le roi Beotrich se jeta sur le capitaine et le secoua par les épaules.

— Cathbar ! Il se passe des choses étranges. Où est Orgrim ? A-t-il exécuté le garçon qui prétend être le fils de Heored ? Je veux des preuves de sa culpabilité avant que ne lui soit infligée une punition si sévère.

— Sire, répondit Cathbar, ferme comme un roc. Tout est arrangé. Le fils de Heored est sain et sauf ; il est ici avec moi. C'est Orgrim le félon, pas le garçon. Je peux vous le livrer, ainsi que des preuves témoignant de ses sinistres intentions, si vous m'en donnez le pouvoir.

— Mais... Orgrim est mon principal conseiller ! Il ne me trahirait pas – ni moi, ni mon royaume !

— Je crains que si, mon seigneur. Je vous demande de me faire confiance, au nom de Dieu et de tout ce qui est sacré. Ces hommes, fit-il en désignant les Gardiens, refusent de m'aider. Ils obéissent à Orgrim, pas au roi.

La plupart des soldats se tenaient en retrait, mais l'agitation avait attiré de nombreux curieux. Tous les yeux étaient sur Beotrich. Le souverain s'adressa aux Gardiens :

— Je donne tout pouvoir à Cathbar afin qu'il assure ma sécurité et j'ordonne qu'on me ramène le conseiller Orgrim. (Il fixa son capitaine d'un air troublé.) Vous êtes à mon service depuis une éternité. Dieu fasse que vous ne me mentiez pas.

Cathbar soutint son regard sans vaciller.

— Je vous le jure sur ma vie, Sire.

Sitôt que le roi eut fini de parler, le tapage reprit,

montant des quatre coins de la place. Les soldats, après avoir échangé des coups d'œil consternés, commencèrent à se disperser.

Cathbar retira une bague qui portait le sceau du Wessex et la confia à Cluaran.

— Rendez-vous au corps de garde, derrière le logis. Trouvez celui qu'on appelle Alberd et montrez-lui ceci. Dites-lui de rassembler mes hommes et de les mener ici immédiatement. En armes.

Au grand étonnement des enfants, le ménestrel reçut l'ordre sans broncher et s'empressa de l'exécuter.

Cathbar se tourna vers la foule. Inquiets et fous d'incompréhension, les habitants de Venta ne se maîtrisaient plus. Des rixes éclataient avec les Gardiens en fuite et les accusations de sorcellerie fusaient.

— Écoutez-moi ! hurla-t-il. Votre roi s'est exprimé. Les Gardiens ont perdu toute autorité dans cette ville et dans le royaume entier. (Des hourras saluèrent cette nouvelle.) Je suis donc seul au commandement et je déclare que tout homme qui agressera un de ses concitoyens aujourd'hui, fût-ce un Gardien, sera pendu ! Cela vaut également pour les femmes, ajouta-t-il en balayant l'assistance d'un regard noir.

Aussitôt, les gens reposèrent les pavés au sol et rangèrent sagement leurs bâtons et leurs piques.

— À présent, reprit Cathbar à l'attention du roi, je crois que vous devriez faire amende honorable, Sire. Edmund, fils de Heored, et ses deux compagnons vous ont rendu un fier service.

Beotrich s'inclina devant Edmund.

— J'ai commis une grave injustice à votre égard,

monseigneur. Je vous dois au moins l'hospitalité. Mais... quel est ce service ?

Pendant que Cathbar et Cluaran montraient le livre de sortilèges aux seigneurs conseillers, Edmund et Elsbeth restèrent seuls dans la grande salle du Palais. La jeune fille faisait peine à voir, avec son teint blême et ses vilaines plaies sur le bras. Après un long silence, Edmund pensa qu'elle devait connaître la réalité de la situation :

— Elsbeth, il y a quelque chose que je dois te dire à propos d'Orgrim.

— Il est ton oncle.

— Co... comment le sais-tu ?

— Il me l'a dit.

— Je suis navré.

— De quoi ? Tu m'as sauvée de ses griffes, Edmund ! Tu n'es pas responsable de ce qu'il a commis.

Le prince ne pouvait s'empêcher de se demander si la malice de son oncle Ripente avait pu le contaminer d'une certaine manière, s'infiltrer en lui comme le ver dans la pomme. Il désirait plus que jamais rentrer à Noviomagus et revoir sa mère. Mais aurait-il le courage de lui révéler la vérité sur son frère adoré ?

Cluaran quitta le Conseil d'excellente humeur.

— Nous sommes pardonnés, annonça-t-il. Ta condamnation à mort est levée, Edmund.

— Comment avez-vous réussi à les convaincre que je ne suis pas une sorcière ? s'exclama Elsbeth. Ils ont vu l'épée jaillir de ma main !

— Le Conseil du Wessex est composé de savants et certains de ses membres ne connaissent que trop bien cette épée. Dorénavant, Elsbeth, tu seras reçue ici avec tous les honneurs dus aux invités de marque.

Elle se tortilla, terriblement gênée d'être ainsi honorée dans la maison d'un roi. Edmund détourna la conversation.

— Cette... chose que vous disiez vouloir récupérer à Venta, l'avez-vous trouvée ?

— Oui. Il s'en est fallu de peu, toutefois... Elle fut volée à mon peuple il y a quelque temps pour tomber en la possession d'Orgrim. S'il s'était également emparé de l'épée, plus aucun pouvoir sur terre n'aurait pu l'arrêter.

— Et de quoi s'agit-il ? demanda innocemment Edmund.

— Il n'est pas temps pour toi de le savoir. Peut-être plus tard. Ou jamais, ajouta-t-il en souriant. Vous serez heureux de savoir qu'un cavalier a été envoyé à Dunmonia afin de rappeler Aagard à la cour.

Le visage d'Elsbeth s'illumina.

— Nous allons le revoir ! Enfin, si tu veux bien patienter quelques jours, Edmund... As-tu envoyé un messager chez toi ?

Sa sollicitude toucha le garçon.

— J'enverrai un message à ma mère demain. Je lui dirai de nous attendre d'ici une semaine. Tu resteras bien un peu avec nous avant de rentrer à Dubris, n'est-ce pas ?

Il s'interrogea tout en prononçant ces mots : irait-elle à Dubris, au bout du compte ? Cluaran l'avait bien dit : il était le seul des deux à avoir le choix.

Suivre Elsbeth dans sa quête ou vivre auprès de sa mère – cette décision semblait impossible à prendre.

— J'aimerais beaucoup, Edmund. Merci.

L'hospitalité de Beotrich fut sans mesure ce soir-là. Ses invités dégustèrent de la viande rôtie en compagnie de la maison royale. Elsbeth crut que le repas n'en finirait jamais. Ensuite, Cluaran chanta à la demande générale. Le visage du roi se détendit au son de la harpe. Même la tension de la jeune fille s'envola peu à peu. Elle songea à l'offre d'Edmund. Oui, elle resterait avec lui quelque temps avant de reprendre la mer. Elle avait tellement hâte ! Et ce n'était pas des histoires de dieux malins et de dragons qui la priveraient de ce bonheur.

Elle étouffa un bâillement et nota avec plaisir que les esclaves venaient enfin débarrasser la salle. Un coude en appui sur la solide table en chêne, elle posa sa joue dans le creux de sa main. Malgré l'affairement des serviteurs et le brouhaha de la conversation, elle remarqua peu à peu un bruit singulier, qui semblait provenir de l'extérieur – une sorte de ronronnement, discret mais vibrant.

Elle leva les yeux et nota l'expression alarmée d'Edmund.

— Qu'est-ce que c'est ? demanda-t-elle.

Un grondement épouvantable couvrit sa réponse. Le toit fut soudain arraché comme une simple couverture de chaume.

Un vent glacé souffla sur les convives, éteignant toutes les torches. Une énorme poutre s'écrasa au sol. Seigneurs et esclaves plongèrent sous les tables ou se précipitèrent vers la porte. Seul Edmund resta pétrifié sur place, ses yeux bleus écarquillés d'effroi. Elsbeth se fraya un passage dans la cohue et le prit par la main.

— Il est revenu, murmura-t-il.

Elle entraîna le garçon hors de la salle, courant derrière Cathbar. Dehors, l'air était très froid. Pourtant, des explosions de feu écorchaient le ciel. Les maisons s'embrasaient les unes après les autres. Elsbeth contempla ce funeste spectacle, bouche bée. La nuit n'était plus qu'un hurlement interminable.

Dans le ciel, une gigantesque silhouette voilait la lune et les étoiles. Puis Elsbeth discerna un sourire carnassier, des dents hautes d'au moins une toise et un immense œil de reptile.

Cathbar l'avait vu aussi. Il s'époumonait, réclamant des archers, des cordes et des torches.

— Torment, chuchota Edmund. Je l'ai senti arriver.

— Mais Orgrim a perdu son pouvoir ! cria Elsbeth. Alors qui l'a appelé ?

Le dragon toisa les archers qui lançaient des cordes au bout de leurs flèches pour tenter de l'emprisonner, tandis qu'Edmund scrutait le ciel, comme s'il lisait son futur entre les nuages bouillonnants. Elsbeth crut entendre Cluaran hurler.

La créature plongea en poussant un rugissement insupportable. Deux pattes prolongées de longues serres recourbées frôlèrent leurs têtes. Elsbeth se jeta sur son ami pour le clouer au sol. Une griffe transperça le dos de sa robe en laine ; une autre accrocha la cape et la tunique d'Edmund. Puis la bête remonta dans les airs, effleurant de l'extrémité de ses vastes ailes les toits des maisons.

Les deux enfants pendaient au bout de ses pattes, tels de minuscules chatons.

Mais Torment avait enlevé quelqu'un d'autre malgré lui. Le capitaine Cathbar était agrippé à une corde enroulée autour de sa queue démesurée. Il la passa autour de sa taille et se laissa emporter dans les ténèbres.

Impuissant, désespéré, Cluaran regarda le dragon s'envoler vers l'est. Un éclair illumina un bref instant le mastodonte bleu, puis s'évanouit. Il était parti.

— Mes pauvres enfants, j'aurais dû vous prévenir ! Vous aviez le droit de savoir. Porteuse de l'épée, Ripente – à quoi vous ai-je condamnés ?

Sitôt qu'il apprit la chute d'Orgrim, Aagard se mit en chemin. Il voyagea tout le jour à dos de mule. Au crépuscule, comme il n'avait rencontré aucune chaumière où demander l'hospitalité, il campa à l'écart de la route, dans un bosquet de frênes. La nuit était douce et sèche. Il dîna copieusement de galettes d'avoine et de hareng séché, puis il s'emmitoufla dans sa cape épaisse. Cependant, il ne parvint pas à s'endormir.

— Ils ont arrêté Orgrim, marmonna-t-il.

Par tous les cieux, il aurait dû être fou de joie ! L'épée avait accompli son destin. Malgré ses craintes et ses avertissements, elle avait conduit les enfants à l'intérieur de Venta et à eux trois, ils avaient vaincu le sorcier. Tout était terminé maintenant.

Il se tourna sur le côté, tentant à nouveau de trouver le sommeil, quand subitement, des doigts de glace caressèrent sa joue. Un vent soudain souleva sa cape comme une feuille. Tandis qu'il se redressait pour la rattraper, il fut pris de terreur. De la neige en mai ? Il observa le ciel. Au loin, c'était bien des flammes qui léchaient l'horizon, changeant les nuages indigo en nuées rouge sang.

Torment, le dragon des glaces, était libre.

Aagard ramassa sa cape et la drapa sur ses épaules pour s'abriter des rafales mordantes.

— Non, murmura-t-il. Rien n'est fini. La quête vient seulement de commencer.

Cet ouvrage a été imprimé par la
SOCIÉtÉ NOUVELLE FIRMIN-DIDOT
Mesnil-sur-l'Estrée
pour le compte des Éditions Pocket Jeunesse
en octobre 2007

Mise en page PCA
44400 Rezé

POCKET — 12, avenue d'Italie — 75627 Paris Cedex 13
N° d'impression : 86655

Dépôt légal : novembre 2007.

Imprimé en France